AtV

Erwin Strittmatter wurde 1912 in Spremberg als Sohn eines Bäckers und Kleinbauern geboren. Bis zum 17. Lebensjahr Realgymnasium, danach Bäckerlehre. Arbeitete als Bäckergeselle, Kellner, Chauffeur, Tierwärter und Hilfsarbeiter. Im Zweiten Weltkrieg Soldat, desertierte er gegen Ende des Krieges. Ab 1945 arbeitete er erneut als Bäcker, war daneben Volkskorrespondent einer Zeitung und seit 1947 Amtsvorsteher in sieben Gemeinden, später Zeitungsredakteur in Senftenberg. Lebte seit 1954 als freier Schriftsteller in Dollgow/Gransee. Er starb am 31. Januar 1994.

Romane: Ochsenkutscher (1951), Tinko (1955), Der Wundertäter I–III (1957/1973/1980), Ole Bienkopp (1963), Der Laden I bis III (1983/1987/1992). Erzählungen und Kurzprosa: Pony Pedro (1959), Schulzenhofer Kramkalender (1966), Ein Dienstag im September (1969), ¾hundert Kleingeschichten (1971), Die Nachtigall-Geschichten (1972/1977/1985), Selbstermunterungen (1981), Lebenszeit (1987), Vor der Verwandlung. Aufzeichnungen (hg. von Eva Strittmatter, 1995). Aus Tagebüchern: Wahre Geschichten aller Ard(t) (1982), Die Lage in den Lüften (1990). Dramen: Katzgraben (1953). Die Holländerbraut (1959). Die Geschichte »Paul und die Dame Daniel« erschien 1956 und wird hier erstmals wieder veröffentlicht.

»Es durchschwebt den Menschen eine Sehnsucht nach Glück, und er denkt, sobald mir jenes Auto, jenes Häuschen im Grünen, jener Garten am Fluß, jener Anzug oder jene Stiefel gehören werden, sobald ich meinen Nachbarn im Wohlstand überholt haben werde, ohne ihn eingeholt zu haben, werde ich glücklich sein, und es wird mir nichts mehr zu wünschen bleiben, und obwohl es tausend und mehr Arten von Glück zu geben scheint, gibt es für das Wort *Glück* keine Mehrzahl, und auch das Leben kümmert sich nicht um undialektische Vorstellungen des Menschen vom Glück. Und das Leben zieht seine Bahn, und es ist im Recht, und es ist unvergänglich, und wir sind in seinem Flusse, und alle Dinge, an die wir unser Herz hängen, sind flüchtig, und ihr Wert wandelt sich, und was uns heute beglückt, kann uns weinen machen, ehe der Hahn dreimal krähte.«

Erwin Strittmatter, Als ich noch ein Pferderäuber war. Eine Nachtigall-Geschichte

Erwin Strittmatter

Paul und die Dame Daniel

Eine Liebesgeschichte

Aufbau Taschenbuch Verlag

ISBN 3-7466-5419-X

1. Auflage 1998

Umschlaggestaltung Preuße & Hülpüsch Grafik Design
unter Verwendung eines Fotos
von Hulton Getty, Tony Stone Bilderwelten
Druck Elsnerdruck GmbH, Berlin
Printed in Germany

Es ist wieder Frühling, und man wird so anders. Alle werden anders. Die Männer, die mit mir die Erde aufwühlen und sehen, daß Berlin auf Röhren und Rohren ruht, sprechen mehr von ihren und anderen Frauen als sonst. Ein älterer Mann, der mit seiner Frau vorbeikommt, schiebt sie fast zärtlich über den Sandhaufen, den wir aufgeworfen haben. Ich wette, im Winter hätte er es nicht getan; er wäre heldisch über den Hügel gestiegen und hätte sich daran geweidet, wie unzulänglich sein Weib das Hindernis nimmt.

Um von mir selbst zu reden: Ich spüre, daß ich seit dem vorigen Frühling weitergekommen bin. Im Winter habe ich nichts davon bemerkt, aber jetzt glaube ich es sicher zu fühlen. Das ist natürlich nicht von selber so gekommen. Bestimmte Ereignisse haben eintreten müssen, die mich weiterbrachten.

Wenn ich vor einem Jahr an die vergangenen Frühlinge dachte, besonders an den, der mich mit Petra zusammenbrachte, so ging's nicht ohne ein wenig Wehmut. Dieses Jahr denke ich anders, solider gewissermaßen, wenn Ihnen das etwas sagt. Ich kann jeden Tag des vorigen Frühlings betrachten, ohne die Augen träumerisch zu schließen; ich sehe den Tagen und meinen Dummheiten ins Gesicht und frage mich frei: Was hast du dir dabei gedacht, Junge?

Ich erinnere mich des ersten Tages und lächele leise; ohne Wehmut, Sie wissen.

Wir schachteten damals hart hinter den hohen neuen Häusern der Stalinallee einen Graben, der die Leitungsrohre für ein Gemeinschaftswaschhaus aufnehmen sollte. Vor uns gingen drei Männer aus einer anderen Baukolonne und rissen mit Preßluftmeißeln die noch halb gefrorene Asphalthaut der schmalen Nebenstraße auf. Ihnen folgte der Bagger, der sich mit seinem Heuschreckenmaul in das weiche Straßenfleisch fraß und auf den noch passierbaren Teil der Straße große gelbe Sandhaufen warf. Wir hatten Anweisung, einen schmalen Straßenstreifen für Fußgänger frei zu lassen. Nun, Sie wissen, wie das ist: Der Bagger hat ein Maul, das den Sand, den es erst gierig aufnimmt, wieder ausspuckt, aber der Bagger hat keine Augen. Der Baggerführer konnte nicht über alle Sandhaufen hinwegsehen. So kam es, daß oft auch der Gehsteig zugeschüttet wurde. Die Fußgänger mußten über Sandhaufen hinwegturnen. Das zu sehen, hat uns manchmal Freude gemacht. Ich kann das besonders von mir sagen.

Ich schaufelte damals allein am Ende der Grube und planierte den Grund, der mit Beton ausgegossen werden sollte. Meine Kolonne arbeitete etwa fünfzig Meter von mir entfernt hinter dem Bagger. Ich muß gestehen, daß ich gern ab und zu allein arbeite, weil man gut dabei denken kann. Im vorigen Jahre aber kam es mir besonders zustatten; ich hatte viel nachzudenken und mußte mit mancherlei Dingen fertig werden.

Es war ein Frühlingstag wie heute. Die Sonne knallte gegen die grauen, sich abpellenden Häuserfassaden. Die Sperlinge schilpten aufgeregt unter den Dachvorsprüngen und vergrämten verwilderten Tauben die Nistplätze. Die kleinen Feuerkiesel im frisch ausgeworfenen Sande glitzerten, und der Sanddamm zog sich wie ein goldener Streifen durch das Straßengrau. Mehr kann man von einem Frühling in unserer Gegend bis jetzt nicht verlangen. Ich hatte an diesem Tage gut geschafft, obwohl ich viel nachgedacht hatte. Ich hatte an Petra gedacht und zu ergründen versucht, weshalb man bei ihr sowenig vom Frühling spürte. In jenem Frühling, als ich sie kennenlernte, hatte sie Augen für alles. Jeden Abend hatte sie eine Überraschung für mich; aber ich erfreute sie auch, das muß ich wohl der Gerechtigkeit wegen sagen. Kurzum, vorigen Frühling ließ Petra mich sehr allein, und ich hatte eigentlich nur mein vierjähriges Töchterchen Paula. Die Kleine wollte jeden Abend bei mir einschlafen. Ich erzählte ihr Geschichten, bis wir zusammen wegschlummerten. Petra schien das recht zu sein. Es kam selten vor, daß sie der Kleinen sagte: »Heute muß der Vater mir eine Geschichte erzählen.« In dieser Hinsicht war es also ein spärlicher Frühling, und es lohnte sich, während der Arbeit darüber nachzudenken.

Ich wurde an diesem Tage durch Frau Daniel aus meinen Gedanken gescheucht. Damals wußte ich zwar noch nicht, daß es sich um Frau Daniel handelte, doch ich sage es hier der Ordnung halber. Stellen Sie sich vor, na, sagen wir rundheraus: Eine Dame, brünett und zierlich, mit Mandelaugen im schmalen, leicht angebräunten Gesicht. Von den Beinen und vom Gang der Dame will ich erst gar nicht reden. Sie wissen selbst, welcher Gang zu dieser Figur paßt. Ein Gang jedenfalls, der selbst einem Greis ein Kopfnicken ablockt. Dazu kam ein Leberfleck im rechten Augwinkel, über den ich eine ganze Geschichte erzählen könnte, wenn ich nicht fürchten würde, mich noch nachträglich lächerlich zu machen.

Frau Daniel stieg also an diesem Tage über den Sandhaufen an meiner Arbeitsstelle und stieß dabei einen girrenden Laut aus, der mir den ganzen vorigen Frühling nicht aus dem Blut ging. Sie sagte kein Wort, aber dieser Laut genügte. Ich schaute auf, und es traf mich ein langer Blick aus den Mandelaugen. In dem Blick schien mir damals vieles zu liegen. Der Frühling spiegelte sich darin und die Sehnsucht nach einem Männerarm, auf den sich die brünette Frau Daniel beim Übersteigen des Sandberges hätte stützen können. Kurzum, der Blick war wie eine Stichflamme, und ich muß in diesen Tagen wie Zunder gewesen sein. Ich sah der Frau eine Weile nach, bis sie auf der Höhe der Kolonne war, dann machte ich mich wieder an die Arbeit. Ich kann mir nicht denken, daß ihr irgendein Mann anders nachgeschaut hätte, es sei denn ein vertrockneter, und von der Art bin ich wahrhaftig nicht. Der Vorfall beschäftigte mich wohl eine

Stunde, vielleicht sogar länger. Ich erinnere mich, daß ich überlegte, wie Frau Daniels Mund aussah und ob er von Natur so rot war, wie ich ihn in Erinnerung hatte.

Am Abend hatte ich die Begegnung mit Frau Daniel jedoch vergessen. Oder hatte ich sie nicht vergessen? Unsere Wohnküche schien mir plötzlich dumpf und klein. Ich verspürte Verlangen, draußen oder in hohen Räumen zu sein. Es fiel mir nicht schwer, meine Frau zu einem Spaziergang durch den Friedrichshain zu überreden. Petra schien darauf gewartet zu haben, daß ich mit ihr hinausgehen würde. Ich weiß nicht, wie es kam, aber wir rannten fast durch den Park. Mir war eine Unruhe in die Füße gekrochen, mit der ich ganze Bezirke hätte durcheilen können. Petra versuchte, mich auf dies und das aufmerksam zu machen, um meine Hast zu hemmen. Sie konnte zum Beispiel sagen: »Alle Knospen öffnen sich jetzt.« Ich nickte nur dazu, und als sie später bemerkte: »Weißt du noch, der Frühling vor sechs Jahren?«, nickte ich wieder. Es war mir recht, als Petra vorschlug, in ein Kino zu gehen. Man spielte einen italienischen Liebesfilm, aber es war mir gar nicht recht, als Petra bei entsprechenden Stellen vorsichtig ihre Hand in die meine schob. Ich gestehe, daß ich mich um diese Zeit leise an Frau Daniel erinnerte. Am nächsten Morgen aber hatte ich die Begegnung mit ihr vergessen wie etwa meine Konfirmation.

Der nächste Tag verging bis zum Nachmittag wie alle anderen Tage. Ich arbeitete gut und gab sicher niemandem Anlaß, über mich zu klagen. Ich dachte an meinen Antrag auf eine größere Wohnung, den ich vor einigen Monaten gestellt hatte. Ich ärgerte mich, weil ich vergessen hatte, in dem Antrag zu vermerken, daß ich als Bestarbeiter Wert auf hohe Räume lege.

Der Nachmittag kam heran und mit ihm die Aussicht auf den Feierabend, mit der die Arbeit sich fast von selbst tut. In dieser schönen Zeit des Tages stieg Frau Daniel wieder über den Sandhaufen in meinem Schachtabschnitt. Der

Hügel war seit dem Vortage höher geworden. Diesen Umstand betrachtete ich in den nächsten Tagen und Wochen als ein großes Glück, das sage ich frei heraus. Frau Daniel sagte, als sie an diesem Tage über den Sandhaufen stieg: »Widerlich, immer dieser Sand hier!«

Diese Worte waren an mich gerichtet. Jeder Mensch auf der Welt hätte das so empfunden, denn ich war allein im unteren Schachtabschnitt, wie ich schon sagte. Ich glaube, Röte stieg mir ins Gesicht. Ich arbeitete nichtsahnend und wurde von einer Dame angesprochen, die mich am Vortage immerhin einige Zeit beschäftigt hatte. Das war mehr, als ich hätte erwarten können. Ich verhielt mich auch danach, das heißt, ich sagte kein Wort, denn ich gehöre nicht zu den Leuten, die gehobelte Worte zur Verfügung haben, wenn sie unerwartet angesprochen werden. Und dann traf mich wieder dieser Blick, aber er schien mir dieses Mal nicht nur den Frühling, sondern zehn Bitten und mehr zu enthalten. Es kann auch sein, daß Hilflosigkeit in diesem Blick war, so genau weiß ich es nicht mehr; denn ein Mann, dem der Frühling im Blute rumort, findet in einem Frauenblick manchmal mehr, als seine Absenderin darin einpackte.

Als Frau Daniel vorüber war, fiel mir ein, was ich hätte sagen können. Es fielen mir ungeheuer geistreiche Erwiderungen ein, die ich hier nur der Vollständigkeit halber wiederzugeben versuche. Ich hätte zum Beispiel sagen können: Madame, wie Sie aussehen, müßte es ein leichtes sein, über diesen Sandhaufen hinwegzuschweben, oder: Wenn ich ein solcher Sandhaufen wäre, ich würde mich vor Ihnen verbeugen, schöne Dame.

Wie gesagt, ich hätte derlei nette Anzüglichkeiten aussprechen können, hatte aber aus den erwähnten Gründen geschwiegen, und es kam an diesem Tage zu weiter nichts mit mir und Frau Daniel. Ich merkte aber, daß etwas in mir vorging, denn an diesem Tage entfloh mir die Erinnerung an Frau Daniel auch nach einer Stunde nicht. Ich unterbrach zuweilen meine Arbeit, weil mich Gedanken und

Vorstellungen überwältigten, die man gleichsam in ruhender Stellung verdauen mußte.

Am Abend war Petra nicht daheim. Das kommt vor, denn Petra ist Straßenbahnschaffnerin und geht zuweilen erst am Mittag zur Arbeit. Ich holte wie sonst unsere Paula von der Flurnachbarin, einer alten Rentnerin, ab. Zu dieser Frau wurde unsere Kleine gebracht, wenn der Kindergarten geschlossen wurde und wenn weder Petra noch ich daheim waren. Die Kleine hatte viel zu erzählen. »Nicht, Vater, wenn die Frau kommt und gibt dir einen Apfel mit roten Backen, dann nimmst du ihn nicht. Paula nimmt ihn auch nicht. Paula ist klug.«

Ich stutzte, dann aber wurde mir gewiß, daß unsere Paula an das Märchen von Schneewittchen dachte, wenn sie von einer Frau und einem roten Apfel erzählte.

»Vater, du sagst heute gar nichts.« Die Kleine sah mich forschend an.

»Nein, ich sage heute nichts.«

»Hast du Zahnschmerzen wie Mutti einmal?«

»Ich habe etwas im Kopfe, und nun gut, sei still und spiel!«

»Vater, zeig mir, was du im Kopfe hast.«

Herr des Himmels, bin ich etwa eine Kindergartentante, ein Küchenchef und alles miteinander? tobte es in mir. Ich band Petras Schürze ab, die ich zum Kartoffelschälen umgebunden hatte, und warf sie in eine Ecke. Paula hob sie auf, schob sich einen Küchenstuhl zum Handtuchhalter und hängte die Schürze dort an.

»Jetzt wirst wohl du mir noch Ordnung beibringen wollen?« fuhr ich das Kind an. Ich entriß ihm die Schürze und warf sie wieder in die Ecke. »Nicht genug, daß ich hier Woche um Woche meine Mannesehre in lumpige Familienmittagbrote einkoche, jetzt wirst mir gar du bewindeltes Kind noch zeigen, wo eine Schürze zu hängen hat.«

Das Mädchen begann zu greinen.

»Sei ruhig, Kind!« sagte ich sanfter.

»Erst zeigst du mir nicht, was du in deinem Kopf hast, dann schimpfst du mit mir«, beklagte sich Paula.

Ich warf das Küchenmesser in die Schüssel mit den geschälten Kartoffeln. Das Wasser spritzte auf. Paula gefiel das. »Mach das noch einmal, Vater!«

Versteht sich, daß ich es nicht noch einmal machte. Mein Zorn über die Küchenarbeit war kein Kinderspaß! Wenn hier etwas zu machen war, dann nur eine Steigerung meiner Wut. Und ich steigerte: Ich stülpte die Schüssel mit den geschälten Kartoffeln um. Das Wasser rann vom Tisch auf den Fußboden. Paula versuchte, die Bächlein mit den Händen, die sie zu einer Schale formte, aufzufangen. Ich gab mich geschlagen. Hier konnte man nicht einmal einen anständigen Wutanfall in die Welt setzen. Er wurde zu einem läppischen Kinderspiel herabgewürdigt.

»Wo hast du deinen Mantel?« fragte ich Paula. »Wir essen heute auswärts.«

»Und das schöne Wasser?«

»Mach mich nicht noch verrückter! Das ist dein Mantel? Einen besseren hast du nicht? Wer uns sieht, muß denken, daß ihn schon fünf Kinder vor dir getragen haben.«

Paula verstand nicht, was ich an ihrem Mantel auszusetzen hatte, aber sie wollte wissen, wie auswärts schmeckt.

»Red nicht und komm!«

»Du hast gesagt, daß wir auswärts essen. Sind das die langen Bonbons mit Honig drin?«

»Wenn du nicht puppenstill bist, steck ich dich ins Bett und geh allein weg.«

Paula greinte wieder. Ich riß sie hoch, nahm sie unsanft auf den Arm, schloß die Wohnungstür ab und rannte hastig wie ein Kindesentführer mit dem nörgelnden Mädchen auf die Straße. In einer Bäckerei kaufte ich drei Schaumrollen und eilte dann, immer noch die Kleine auf dem Arm, in den Friedrichshain. Ich setzte mich auf eine Bank, gab Paula das Päckchen mit den Schaumrollen und hatte meine Ruhe. Die Kleine verschwand kauend hinter den Sträuchern.

Ich dachte an dies und das: Was würde Petra sagen, wenn sie die Verwüstungen in der Küche vorfand? Ich dachte aber auch, was geschehen würde, wenn Frau Daniel hier vorüberkäme. Kaum hatte ich das bis in alle Einzelheiten ausgedacht, da kam sie schon. Sie kam den schwarzen Schotterweg herunter, und ich sah ihr brünettes Haar glänzen. Was sollte ich tun? Noch bestand die Möglichkeit, daß sie den Nebenweg benutzen würde, der etwa zehn Schritte vor meiner Bank abzweigte. Eine andere Möglichkeit war, daß sie mich noch gar nicht kannte. Ich rutschte auf der Bank hin und her. Die dritte Möglichkeit war, aufzustehen und schnell den Ausgang des Parks zu erreichen. Dort konnte ich mich in den Verkehr mischen und war vor der unverhofften Begegnung mit Frau Daniel geschützt. Auf keinen Fall sollte sie mich wie eine Amme im Park vorfinden. Da fiel mir Paula ein. Ich konnte nicht wegrennen und das Kind im Park lassen.

Die Dame Daniel kam näher. Sie benutzte den Nebenweg nicht. Sie mußte an meiner Bank vorbeikommen. Da fiel mir eine vierte Möglichkeit ein: Mußte ich Frau Daniel sehen? Ich konnte ihr den Rücken zuwenden. Das tat ich auch. Ich hielt den Atem an und betrachtete wie ein frühlingsbesessener Biologielehrer unverwandt die Zweige eines Schneebeerenstrauches. Ich fühlte die Schritte in meinem Rücken. Sie waren kaum zu hören, weil mein Herz sie überlärmte. Das leise Knirschen hörte auf. Kein Zweifel, die Dame Daniel war stehengeblieben. Ich erwog, ob ich mich umschauen sollte. Nein, weshalb sollte ich mich umschauen? Jetzt erinnerte sich die Brünette sicher an meinen Rücken. So mußte sie mich gesehen haben, wenn sie über den Sandhaufen an meiner Arbeitsstelle stieg. Sie räusperte sich. Mir schien, als läge auch in diesem Räuspern etwas von dem girrenden Ton, der mich am ersten Tage bei ihrem Nahen hatte aufhorchen lassen.

Trotzdem drehte ich mich nicht um; aber die Dame begann zu sprechen: »Verzeihung bitte, ist das ...«

Ich fuhr herum. Nie und nimmer war das die einschmeichelnde Stimme der Frau Daniel! Ich riß die Augen auf. Ein anderes Weib stand vor mir. Gewiß, es war brünett, aber es waren bereits weiße Haare über seiner Stirn zu sehen. Und die Figur, du lieber Gott, wo hatte ich meine Augen gehabt? War es schon so weit mit mir gekommen, daß ich überall Frau Daniel sah?

»... aber ist das Ihr Töchterchen, das dort auf den Rabatten die Stiefmütterchen ausrupft?«

»Um Gottes willen, ja!« Ich sprang auf, stotterte: »Danke, danke, sehr liebenswürdig«, und suchte unsere Paula auf. Ich fand sie in einem Blumenbeet, beide Hände voll ausgeraufter Stiefmütterchen. Die letzte Cremerolle hatte sie in ein Mauseloch gestopft. –

Daheim traf ich Petra beim Aufwischen. Sie wischte das Kartoffelwasser vom Boden, machte ein gequältes Gesicht und erwiderte meinen Gruß kaum. Vielleicht war mein Gruß auch so, daß man ihn nicht erwidern konnte. Ich muß sagen, daß ich auf eine Auseinandersetzung mit Petra rechnete, ja, ich forderte sie sogar heraus. Ich setzte mich wie ein Klotz an den Küchentisch und starrte in die Zeitung. Petra arbeitete verbissen, stellte die Kartoffeln auf den Herd und bereitete unser gemeinsames Abendbrot vor. Nach einer Weile hielt ich es nicht mehr aus, daß meine innere Wut und Unzufriedenheit nicht anerkannt wurde.

»Mußt du auch noch daheim mit diesen dicken Mannshosen umherrennen?« fragte ich Petra. »Du legst wohl keinen Wert mehr darauf, eine Frau zu sein, oder wie?«

»Keine Frau?« erwiderte Petra spitz. »Mache ich nicht das Essen wie deine Hausangestellte?«

»Das verlange ich nicht von dir, werde ich dir sagen.«

»So, du verlangst es nicht, aber was soll werden?«

»Hat der Mensch so etwas gehört? Ich kann bequem im Gasthaus essen, und wenn ich verrückt werde, so nehme ich dich noch mit auf meine Rechnung.«

Hätte sie nicht still sein können nach diesem großartigen Angebot?

Nein, sie blieb nicht still: »Dir scheint es gut zu gehen. Hast du Zulage bekommen, oder denkst du nicht mehr an die Couch, die wir uns ausgesucht haben?«

Sollte ich die Antwort darauf schuldig bleiben? Sollte sie immer das letzte Wort haben bei ihrem geringen Lohn als Straßenbahnschaffnerin? Sie spielte sich auf, als müßte sie mich und die ganze Familie erhalten.

»Eine Couch!« sagte ich aufreizend. »Willst du so ein erhabenes Ding in diesen niedrigen, muffigen Räumen aufstellen? Wozu? Ich werde mich nicht auf so eine Vorrichtung legen, wenn ich fürchten muß, daß mich die Zimmerdecke am Atmen hindert.«

Wir rieben uns mit Worten. Wie ich vor zwei Stunden, warf jetzt Petra die Hausarbeit hin, brachte das schreiende Mädchen zu Bett und war bereit, mit mir in eine Gastwirtschaft zu gehen. Jedes tat mit Ingrimm, was es für nötig hielt, um sich für diesen sonderbaren Ausgang fertig zu machen. Mein Blick fiel auf die verbissene Petra. Sie stand halb nackt vor dem Schrankspiegel im Schlafzimmer. Eine Erinnerung an den Frühling vor sechs Jahren überkam mich. Ich wußte auf einmal wieder, weshalb ich damals so verliebt in dieses etwas mollige Mädchen gewesen war.

Petra mußte meine Blicke im Spiegel aufgefangen haben. Unsere Zerstrittenheit erlaubte ihr nicht, sich so von mir anschaun zu lassen. Sie zog sich in eine Ecke des Schlafzimmers zurück, wo ich nicht weiter beobachten konnte, wie sie sich anzog. Das reizte mich wiederum. Hatte ich Petra nicht geheiratet, und jetzt sollte ich wie ein Fremder von ihren Reizen zugeteilt bekommen, wie es ihr die Laune eingab? Es war nötig, daß ich mich schwer machte. Schließlich sind wir auch nicht der und jener, redete ich mir zu. Es gibt noch andere, auf die man Eindruck macht, und der Eindruck war nicht gering. Wie gesagt, ich begann an Frau Daniel zu denken. In meiner Wut wäre ich fast so weit gegangen, mich vor Petra mit dieser Dame zu brüsten. Dann tat ich es doch nicht; es schien mir nicht vornehm, mit meiner zarten Liebe zu protzen.

Während ich noch dabei war, mir einen Schlips um den Hals zu schlingen, kam Petra, blieb hinter mir stehn und sagte: »Ich warte draußen auf dich.« Ich musterte sie im Spiegel und fand endlich etwas, womit ich ihr nicht unumwunden zu sagen brauchte, daß ich auf ihre Gegenwart leicht verzichten konnte.

»So willst du gehen?« fragte ich bissig. »So unfertig, mit einem Mund wie ausgelaugtes Essigfleisch? Bist du so stark in deinen Reizen, daß du kein bißchen Farbe benötigst?«

Petra war von diesem Vorwurf so verblüfft, daß sie unseren Zwist vergaß und im sonst zwischen uns üblichen Ton antwortete: »Hast du nicht immer gesagt, du magst nicht, daß Frauen Farbe auf ihre Lippen schmieren?«

»Wenn ich das gesagt habe, dann habe ich es gesagt, aber der Geschmack wandelt sich bekanntlich, der Geschmack wandelt sich bei entsprechendem Umgang in einer Stunde, will ich dir verraten.«

Petra schwieg, ging ins Schlafzimmer zurück, zog sich aus und legte sich zu der Kleinen ins Bett. Das war alles.

Da stand ich nun geschniegelt und bereit, es mit der ganzen Welt aufzunehmen. Da stand ich mit dem guten Willen, meiner Frau einen netten Abend zu schaffen, und sie führte sich so auf. Ich möchte den Mann sehn, der nicht das gleiche getan hätte wie ich. Ich ging.

Auf der Straße wußte ich bereits nichts mit mir anzufangen. Ich schlenderte wie ein Rentier durch den Friedrichshain. Endlich fiel mir ein, daß ich auch in der Nähe meiner Baustelle spazierengehen könnte. Ich gestehe, daß ich es in der Hoffnung tat, eine gewisse brünette Frau zu treffen. Es wäre kein Schade gewesen, ihr in sonntäglicher Aufmachung zu begegnen.

Es war windig geworden. Ich hatte keinen Mantel angezogen, weil mir beim Weggehen vor Wut warm gewesen war. Jetzt fror ich. Außerdem verschaffte es mir durchaus keine Befriedigung, meine Baustelle beim trüben Licht einiger Gaslaternen zu sehen. An meinem Abschnitt blieb ich stehen und kam ins Nachdenken. Ich brauche wohl nicht zu sagen, woran ich dachte. Der Wärter, ein alter Rentner, kam aus der Baubude getappt. Ich kannte ihn flüchtig, weil ich ihm des öfteren morgens begegnet war, als er von der Wache kam. Er kannte mich in meiner Aufmachung nicht und hielt sich argwöhnisch in meiner Nähe auf. Es reizte mich, mit dem Wächter einen Streit anzufangen. Konnte ich nicht hier stehen und soviel Interesse an meiner Arbeit haben, daß sie mich nachts nicht schlafen ließ? Ich schaute den Wächter herausfordernd an. Er hinkte ein paar Schritte weiter. Es blieb mir nichts übrig, als davonzugehen.

In eine der Kneipen in der Nähe der Baustelle zu gehen, wagte ich nicht. Ich konnte dort Bekannte treffen, die mich ob meines feierlichen Aufzuges hänseln würden. Für ein Kino war es zu spät. »Das nennt sich Kulturleben«, fluchte ich vor mich hin. Heute muß ich lächeln, wenn ich daran denke, daß für mich vor einem Jahr die Kultur nur aus Kino bestand. Ich kam mir jedenfalls vor wie ein gut verpaarter Täuber, der von seinem Brut- und Nistdrang in den Schlag zurückgetrieben wird.

Ich gab mir Mühe, in unserer Küche Lärm zu verursachen. Petra konnte ruhig aufwachen und merken, daß ich hier kochend vor Wut stand. Sie war wach. Anscheinend hatte sie noch nicht geschlafen. Auch das reizte mich.

»Du liegst hier und kontrollierst, wann ich nach Hause komme? Ich kann kommen, wann ich will, werde ich dir sagen. Es ist nicht so, daß du mir mein Geld verdienst, und es ist nicht so, daß wir fürs Leben aneinander gebunden sind wie ein Vogelpaar. Ich bin ein Mensch, bitte. Und ein Mensch hat Verstand und das Recht, ›Schluß‹ zu sagen. Wenn ich aber sage: ›Schluß!‹, dann ist auch Schluß. Ich will nicht sagen, daß ich heute ›Schluß‹ sage, aber nächste Woche vielleicht, vielleicht auch in drei Wochen könnte es mir einfallen, ›Schluß‹ zu sagen, und dann ist auch Schluß, so wie du hier liegst und mich bewachst auf Schritt und Tritt.«

Schon als ich die letzten Worte aussprach, fühlte ich, wie dumm das alles war. Draußen summte eine Straßenbahn vorüber, und die kleine Paula rekelte sich und sagte: »Vater, noch mehr Blumen!« – Der Teufel soll mich holen, wenn ich nicht gesehen habe, daß über Petras Gesicht in diesem Augenblick ein Lächeln huschte. Sie drehte sich zur Wand und erwiderte nichts.

Ich versuchte es noch einmal: »Wenn du denkst, daß ich betrunken bin, so hat dich der Irrtum beim Wickel. Ich spreche voll verantwortlich für das, was ich sage und alles miteinander.« Während ich mich auszog, hauchte ich zu Petra hinüber, aber sie fühlte sich nicht verpflichtet, mir die Alkoholprobe abzunehmen.

»So schlaf denn«, grollte ich, »bis du eines Tages von den Tatsachen überrascht ja, geradezu erschlagen wirst, will ich dir sagen, aber ich werde in Zukunft nur so reden, wie ich heute geredet habe, um keinen Fliegenfleck weniger werde ich davon sprechen.«

Ich legte mich auf die Kante meines Bettes; Petra sollte mich während der Nacht nicht einmal unabsichtlich berühren können. –

Zwei sonderbare Tage kamen für mich. Sie wurden sonderbar durch Frau Daniel. Ich hatte mir die Zeit gemerkt, zu der Frau Daniel an den beiden vorhergehenden Tagen an unserer Baustelle vorübergekommen war. Ich wollte durchaus ergründen, wo sie sich jedesmal hernahm, diese Frau Daniel. Am Vormittag arbeitete ich eifrig, wie mir schien. Oder arbeitete ich nicht wie gewöhnlich? Um es ehrlich zu sagen, ich ertappte mich mindestens zweimal, wie ich, auf den Schaufelstiel gestützt, mir ausdachte, was ich Petra noch hätte sagen können.

Nach der Mittagspause wurde ich unruhig. Es konnte sein, daß es Frau Daniel einfiel, heute zeitiger vorüberzukommen. In der dritten Nachmittagsstunde sprang ich aus der Grube und schaufelte eine Gasse durch meinen Sandberg. Das brünette Wesen sollte sich nicht über eine widerliche Bergbesteigung zu beklagen haben. Es durfte gern sehen, daß einer in der Grube lebte, der die Belange zarter Frauen verstand, einer, der nicht zuließ, daß grober Sand in zierliche Sandaletten drang, die Strümpfe zerscheuerte, kleine Füße drückte und was nicht noch alles.

Ich hatte meine Gasse durch den Sandhaufen fast fertig, da rief Lautsprecher von vorn aus der Kolonne: »He, das ist nicht deine Sache. Sorge du vor allem dafür, daß die Rinne bald betoniert werden kann!« Weiter sagte Lautsprecher nichts.

Ich fühlte mich wie ein Schuljunge, der dabei ertappt wird, wie er seiner Lehrerin heimlich einen Blumenstrauß auf das Katheder stellt. Eine Weile später glomm Wut gegen Lautsprecher, meinen Brigadier, in mir auf. Mußte er sich in alles einmischen? Meinetwegen sollte er zu Dingen reden, von denen er etwas verstand, aber in diesem Falle sollte er schweigen. Was ich tat, ging ihn nichts an. Ich machte meine Arbeit und machte zuweilen mehr als meine Arbeit, sonst wäre es Orge, meinem früheren Brigadier, niemals eingefallen, mich zum Bestarbeiter vorzuschlagen. Jetzt kam also Lautsprecher, der seit zwei Monaten weiter nichts hatte als eine große politische Klappe. Er sprach bei jeder Gelegenheit von einem gewissen Bewußtsein und erklärte damit alle Dinge in der Welt. Das war mehr als lächerlich. Sicher hatte ich jetzt für Lautsprecher zuwenig Bewußtsein, weil ich zu meinem Privatvergnügen einen Gang durch den Sandhaufen geschaufelt hatte. Aber war es kein Bewußtsein, den Straßenpassanten ihre Gänge zu erleichtern? Jeder hat seine wichtige Arbeit, nicht nur Lautsprecher, der mit einem Betonring um die Brust umherging, durch den kein Funken Liebe strahlte.

Ich schippte verbissen und bereitete mich auf eine Erwiderung für Lautsprecher vor, falls er sich einfallen lassen sollte, mir zum Feierabend etwas vorzuhalten. Beinahe hätte ich darüber die Zeit versäumt, die ich dringend benötigte, um zu erfahren, wo Frau Daniel herkam.

Meine Ausdauer beim Lauern lohnte sich: Ich sah, wie Frau Daniel aus einem Uhrmacherladen trat, der etwa fünfzig Meter hinter meinem Arbeitsplatz lag. Die Dame blieb auf der Schwelle stehen. Ich hatte Gelegenheit, mir Gewißheit zu verschaffen, daß es sich um Frau Daniel und nicht wieder um einen Ersatz handelte, den mir meine erregte Phantasie unterschob. Die zierliche Person strebte stracks unserer Baustelle zu. Ich konnte ihren bezwingenden und beschwingenden Gang behaglich auskosten. Eigentlich sollte sie ein schwarzes Schleierchen im Gesicht tragen, dachte ich. Ich habe das ewig bei Petra zu erreichen versucht, aber es gelang mir nicht. Petra lehnte meine Vorschläge stets mit der Bemerkung ab: »Das paßt nicht zu mir.« So war sie: kurz und schnippisch. Es fehlte gerade, daß ich mich hier mit Petra auseinandersetzte! Gleich würde Frau Daniel meinen Bauabschnitt erreichen und sich für den kleinen Liebesdienst bei mir bedanken. Ich begann eifrig zu schippen. Es sollte bei dieser Frau keineswegs der Eindruck entstehen, daß einer auf sie lauerte. Dazu mußte man weiter miteinander gekommen sein.

Ich hörte leichte Schritte hinter mir. Es mußten ganz kleine Füße sein, die imstande waren, mit so wenig Geräusch über die zerschrundene Erde hinzuwandern. Ich nahm mir vor, später die Abdrücke dieser kleinen Füße anzuschauen, und machte mich darauf gefaßt, Puppentapfen zu sehen.

Frau Daniel ging vorüber. Kein Wort des Dankes. Ich schaute auf: Da ging sie hin und kümmerte sich nicht um mich. Schwarze Einsamkeit drohte mich zu befallen. Ich hatte den ganzen Tag, jawohl, den ganzen Tag, für Frau Daniel gelebt, und jetzt ging sie vorüber wie ein Körper aus schwebender Materie und sah mich nicht. Den ganzen Abend und den ganzen folgenden Tag würde ich allein mit meiner Vorliebe für sie und ihre Existenz bleiben. Außerdem war es möglich, daß sie überhaupt nicht mehr vorbeikommen würde. All diese Erwägungen ließen mich auf den Gedanken kommen, Frau Daniel an mich zu erinnern. Ich tat etwas, was ich, Sie müssen es mir glauben, sonst nicht tue: Ich schrie ihr nach.

»Heute ging es besser, wie?« schrie ich und erschrak sogleich über meine Dreistheit in Liebesdingen. Die Dame beachtete meinen Notschrei nicht und ging erhaben weiter. Ich erinnere mich deutlich, daß sie in diesem Augenblick besonders schön und unerreichbar aussah. Ich arbeitete darauf eifrig wie ein Kind, das Tinte auf eine weiße Tischdecke gekippt hat und den Schaden vor sich und aller Welt gutmachen will.

Später legte ich wieder Pausen in meine Arbeit ein. Ich benötigte sie zum Nachdenken. Hatte ich nicht eine Lümmelei verübt? Ja, das hatte ich getan. Ich sah es ja: Frau Daniel hatte nicht auf meine Rüpelei reagiert. Was hätte ich unter anderen Umständen auch von ihr denken sollen? War sie vielleicht eine solche, die sich mit jedem Straßenfeger einließ?

Um die Feierabendzeit packte mich die Verzweiflung wieder. Es war mir unerträglich, in diesem Zustand nach Hause zu gehen und mich vielleicht mit Petra zu zanken. Ich hielt mich für verwundbar.

Ich verbrachte den größten Teil des Abends in einer kleinen Kneipe der Straße und hatte mich so gesetzt, daß ich einen gewissen Uhrmacherladen im Auge haben konnte. Bis zum Geschäftsschluß gingen dort Kunden aus und ein. Wenn ich es recht bedenke, waren es nicht viele Kunden. Jedesmal, wenn die Ladentür sich öffnete, durchzuckte mich Hoffnung. Stets aber kam nur der Kunde, den ich hatte hineingehen sehen, heraus. Von einer Frau Daniel gewahrte ich nichts.

Als es dunkelte und auf der Straße nichts mehr zu erkennen war, begann ich zu trinken. Es war schwer, denn ich war allein. Die Kneipe war leer. Es war bei den Bewohnern der kleinen Nebenstraßen üblich geworden, in den frühen Abendstunden durch die Stalinallee zu schlendern, um dort ein wenig von der Großzügigkeit zu naschen, auf die sie hier in den grauen Häusern noch warteten. Erst später pflegten ganze Scharen von Biertrinkern wie Vogelschwärme aus dem Süden in die kleinen Kneipen und Destillen einzufallen. Trotzdem trank ich an diesem Abend mehr, als ich sonst für gut halte.

Durch den Alkoholgenuß war ich zanksüchtig geworden. Ich steigerte mich auf dem Heimweg in die richtige Streitstimmung. Heute konnte Petra gut und gern etwas anfangen; ich würde ihr nicht eine Silbe schuldig bleiben. Alle Vorwürfe, die sie mir möglicherweise machen konnte, zog ich in Erwägung und entkräftete sie probeweise schon jetzt mit den gewandtesten Reden, die je über meine Zunge gekommen waren. Petra würde keinen guten Stand haben, wenn es zu etwas kommen sollte, und wenn es zu nichts kommen sollte, dann würde ich schon dafür sorgen, daß es zu etwas kam.

Alle Vorbereitungen waren umsonst, ganz umsonst: Petra war nicht daheim. So sah die Sache also aus: Man hatte wichtige Dinge mit seiner Frau zu besprechen, und die Frau zog es vor, nicht zu Hause zu sein. Am Ende fing so ein Weib, das sich einbildete, die Familie zu ernähren, nun auch an, in die Kneipen zu laufen und es uns Männern in jeder Hinsicht gleichzutun.

Ich rumorte in der Küche und schlug mehrmals mit der Faust auf den Tisch. Das Geschirr mit meinem Abendbrot hopste hin und her. Es machte mir Freude, den Deckel der Teekanne klirren zu hören. Klirren, das war das Geräusch, in dem meine Seele sich an jenem Abend wohl fühlte. Ich goß Tee in eine Tasse und nippte davon. Der Tee war kalt und schmeckte schal. Hat der Mensch so etwas erlebt? Man kam nachts abgearbeitet und abgehärmt nach Hause, und sein Weib bewirtete einen mit solch einem Gesöff. Ich goß den Tee aus der Tasse auf den Fußboden. Dann nahm ich die Kanne, ging wie ein Gärtner durch die Küche und begoß den Besen, die Stuhlbeine und den Küchenherd mit jener Lauge, die mir als Tee vorgesetzt worden war. Das alles ging nicht ohne Geräusch ab. Unser Kind erwachte und begann zu wimmern. Im Wimmern meines Kindes schien mir etwas Anklagendes zu liegen. Ich bezähmte mich. Brummend und torkelnd zog ich mich aus, nicht ohne mit möglichst viel Geräusch meine Kleidungsstücke in der Küche zu verstreuen. Petra sollte sehn, was sie mit mir angerichtet hatte. Wann sie nach Hause kam, weiß ich nicht.

Voll neuer Hoffnung, voll neuer Zweifel stand ich am nächsten Tage auf meiner Arbeitsstelle. Die Hoffnung bestand darin, Frau Daniel wiederzusehen. Ich benutzte die Mittagspause, um den Gang durch den Sandhaufen zuzuschaufeln. Allzu bequem wollte ich es dieser lieblichen Frau denn doch nicht machen. Wenn derartige Erleichterungen sie dazu verführten, mich zu übersehen, so wollte ich jetzt ihrer Erinnerung an einen, der hier schippte und in sie verliebt war, nachhelfen. Die Zweifel kamen aus der Befürchtung, daß Frau Daniel am Vortage nur zufällig aus dem Uhrmacherladen gekommen sei. Es konnte ihr einfallen, überhaupt nicht mehr vorüberzukommen. Wohin sollte ich mich dann mit meinen aufgewühlten Gefühlen wenden, sollte ich wieder zu einem zahmen Pfefferkuchenherzen kommen?

Am Nachmittag hatte ich das Gefühl, daß Lautsprecher, mein Brigadier, mich bei der Arbeit beobachtete. Wäre die Entfernung zwischen ihm und mir geringer gewesen, hätte ich ihm eine Schippe Sand ins Gesicht geschaufelt. Dieser Kerl mit seiner Betonbrust stand da wie ein Inquisitor und peinigte einen gequälten Menschen mit seinem Kontrollblick. Für ihn schien der Frühling nur insofern Bedeutung zu haben, als er jetzt ohne Strickweste arbeiten konnte.

Als Frau Daniel schön und unbekümmert aus dem Uhrmacherladen trat, ging für mich die Sonne auf. Alles

Quälende fiel von mir ab. Ich hatte zwei Gewißheiten: Frau Daniel gehörte in den Uhrmacherladen, ich konnte sie jederzeit dort antreffen, und sie würde weiterhin hier vorüberkommen und mich, den Verwundeten, mit ihrer Nähe streicheln.

Diesmal wollte ich Frau Daniel keine Gelegenheit geben, mich zu übersehen. Sie sollte sich wundern, mit was für einem Draufgänger sie es zu tun hatte. Konnte in sie nicht zwingen, mit mir einen stillen Vertrag über gewisse Erleichterungen beim Überqueren von hinderlichen Sandhaufen zu machen? Ach, ich war wohl schon halb verrückt!

Ich nahm meine Scheinbeschäftigung auf, als sich Frau Daniel näherte, und war bemüht, mit meiner Schaufel möglichst wenig Lärm zu verursachen, damit ich erlauschen konnte, wie ihre beschuhten Tätzchen über den Sand raschelten. Das Geräusch ihrer leichten Schritte verstummte. Sie mußte vor dem Sandhaufen stehengeblieben sein. In der Luft stand nur das Geschrei eines aufgeregten Sperlings; dann aber hörte ich einen sanften Seufzer von Frau Daniel. Sie kam bis an den Grubenrand und sagte zu mir, jawohl, sie sprach zu mir, zu mir allein, das kann ich bezeugen, denn es war niemand rundum in der Nähe. Sie sagte: »Gestern war's doch so schön!«, und es traf mich ein Blick aus den Mandelaugen. Er war bittend; Sie wissen, wie Frauenaugen bitten können, und er war seelenversengend.

Ehe ich mich gefaßt hatte, ehe ich mein großes Glück zusammenraffen konnte, wendete sie sich von mir ab und hüpfte über den Sandhaufen; fast war's mir, als schwebte sie mit Flügeln über die gelbe Kieserde. Sie verschwand zur Kolonne hin.

Da stand ich nun mit all meinen kühnen Vorsätzen und hatte kein Wort der Erwiderung gesagt. Die bezaubernde Dame mußte glauben, sie hätte es mit einem Barbaren zu tun gehabt. Entschuldigt war, daß sie sich tags zuvor undankbar gezeigt und mich nicht beachtet hatte. Konnte sie nicht in Gedanken vertieft gewesen sein? Sie war eine

Dame mit einem gutgehenden Geschäft, mit wertvollem Schmuck im Schaufenster und alles miteinander.

Dieser Tag wurde einer der glücklichsten in meiner Liebeszeit mit Frau Daniel. Am liebsten hätte ich zu Petra gesagt: Das Schicksal hat gesprochen. Bald wirst du erlöst sein, bald werden wir beide erlöst sein. Man steht in seiner Grube und arbeitet nichtsahnend, während das Schicksal große Dinge und Eroberungen für einen vorbereitet. Du kannst beruhigt sein, Petra, so wie ich das Glück gefunden habe, wird sich eines Tages das Glück auch bei dir einstellen. Es wird sich ein Mann für dich finden, der nur darauf gewartet hat, von dir beherrscht und kontrolliert zu werden. Es gibt Männer, die nicht selbst mit sich fertig werden, glaube mir das. Was sollen übrigens die Tränen? –

Von all dem wurde kein Wort gesagt. Petra war nicht daheim. Gott weiß, welche Art von Dienst oder Schicht sie wieder hatte! Es war auch unwichtig für mich.

Auf dem Küchentisch lag ein Zettel: »Lieber Paul, hol das Kind gleich, wenn du kommst, von der Nachbarin. Die Alte drüben droht Paula mit dem schwarzen Mann, wenn sie unartig ist. Ich will nicht, daß unser Kind furchtsam wird. Petra.« – Lieber Paul, schrieb sie, die Nichtsahnende.

Ich holte unsere Paula von der Nachbarin und ging mit ihr in den Friedrichshain. Damit sie nicht wieder Schaden unter den Blumen anrichten konnte, behielt ich Paula bei mir auf der Bank, und damit sie ruhig sitzen blieb, erzählte ich ihr allerlei Schnickschnack, der mir Zeit ließ, nebenbei an kommende große Ereignisse zu denken. Ich fragte die Kleine, ob sie wisse, was ein Märchen sei. Sie wußte nichts von einem Märchen. Ich erzählte ihr ein Märchen von einer schwarzen Frau.

»Nimmt sie Kinder mit wie der schwarze Mann?« wollte Paula wissen.

Ich merkte, daß ich etwas falsch gemacht hatte. Ich sah die Gelegenheit, die Furcht unserer Paula vor dem schwarzen Mann zu zerstreuen. Ich entwarf ein großartiges Gemälde von Frau Daniel. Sie wurde in meiner Schilderung zu einer Fee und verdiente das bei dem damaligen Stand meiner Einsichten auch.

»Eigentlich ist die Frau nicht schwarz, was rede ich da, Paula, sie ist brünett, wunderbar brünett, und ein Kranz von Glanz liegt über den Haarwellen«, sagte ich.

Paula war unermüdlich im Fragen und lockte immer kühnere Projekte, in deren Mittelpunkt die Dame Daniel stand, aus mir hervor. Zuletzt wollte sie wissen, wann wir zu dieser wundersamen Frau gehen würden. Diese Frage kam unerwartet und zwang mich, geheimnisvoll zu tun.

»Es ist nicht gesagt, daß wir eines Tages ...«

»Wann ist eines Tages?« forschte Paula.

»Es kann sein, daß wir überhaupt eines Tages ... im übrigen sei jetzt still. Wir müssen gehn.« Ich packte Paula und schleppte sie fort. Sie heulte. Das plötzliche Ende der Geschichte hatte sie verwirrt.

Ich war an diesem Tage sanft wie ein Schneehuhn, und meine Seele war wie weißes Löschpapier. Petra war noch nicht daheim. Ich machte Abendbrot für die Kleine zurecht, wusch sie und brachte sie zu Bett. Ich fühlte mich wohl in meiner Märtyrerrolle. Alle Welt mußte sehn, daß es mit mir und Petra so nicht weitergehn konnte. Hier stand ein Mann, zur Hausmagd herabgewürdigt und erniedrigt bis zur Unkenntlichkeit. Ich verspürte Verlangen, zu unserer Nachbarin, der alten Rentnerin, hinüberzugehen und zu fragen, wieviel Einweichpulver man zum Wäschewaschen nehmen müsse. Ich hatte niemals gewaschen und hatte auch jetzt nicht die Absicht, es zu tun, aber ich stellte mir vor, wie wohl mir das Kopfschütteln der alten Frau tun würde. Vielleicht wäre ich hinübergegangen, wenn Petra nicht gekommen wäre.

Kein Wort des Streites, kein Vorwurf, so hatte ich mir vorgenommen, sollte an jenem Tage über meine Lippen kommen. Ich wollte die edlen Höhen, die ich innerlich erreicht hatte, nicht aufgeben. Ich fühlte mich wie ein gütiger

Weiser, der, auf einem weißen Berge sitzend, sein künftiges Leben überschaut. Unten aber stand ein Weib in Männerhosen, eine gewisse Frau Petra, die mich vergeblich in die schwarzen Tiefen einer Welt zu ziehen versuchte, in der die Frauen halbe Männer sind und auf Rechte pochen.

Mit einem vornehmen Leidensgesicht ging ich, noch ehe Petra sich in der Küche entfalten konnte, zu Bett. Ich nahm mir eines unserer fünf Bücher, die wir zur Hochzeit erhalten hatten, und versuchte zu lesen. In dem Buch, das ich aufgeschlagen hatte, war von einer Unbekannten in Paris die Rede, die einmal in die Seine gesprungen sein soll. Ich war erstaunt, daß man über einen Sprung von einer Brücke ein ganzes Buch zusammenschreiben konnte. Eine Weile dachte ich noch, ohne zu begreifen, was ich las, an Frau Daniel, dann muß ich eingeschlafen sein; hungrig, versteht sich, wie es der Höhe meiner Gefühle entsprach.

Am anderen Morgen war ich eine Viertelstunde zu früh auf der Arbeitsstelle. Ich schlenderte die Straße hinunter und ging bis zu Frau Daniels Laden. Nein, ich hoffte nicht, jemanden zu treffen, aber es tat mir wohl, die Klinke an der Ladentür zu betrachten. Dabei fiel mir ein, daß ich einmal darauf achten konnte, was für Hände diese Dame Daniel durch die Welt trug. Sicher waren ihre Finger die Mannequins für den Schmuck, den sie in ihrem Laden verkaufte. Ich liebte um diese Zeit noch Ringe bei Frauen, besonders die großen, die aussehen wie ein kleiner Römerschild.

In einem Kellerladen neben dem Uhrengeschäft sah ich in einem verschmutzten Bauer zwei Zeisige vor Frühlingsdrang zittern. Einen Augenblick lang hatte ich das Bedürfnis, diese Zeisige zu kaufen, um sie von meiner ausgestreckten Hand davonfliegen zu lassen. In meinem Herzen nahm eine große Güte gegen Menschen und Tiere Platz.

An der Baustelle kam Lautsprecher auf mich zugeschossen.

»Du wirst heute in der Kolonne arbeiten.«

Das traf mich, wie einen Gläubigen die Aussicht auf den

Verlust des Himmels treffen mag. Mein lange angespeichertes Mißfallen drohte in Haß gegen Lautsprecher umzuschlagen.

»Ich weiß lange, daß du mich kontrollierst«, stieß ich hervor.

Lautsprecher, mit dem Wechseln seiner Kleidung beschäftigt, knurrte: »Es handelt sich nicht darum, daß du in letzter Zeit mehr in die Luft als auf deine Arbeit geschaut hast, sondern darum, daß wir vorn heute einen Mann mehr brauchen.« Damit verschwand er aus der Baubude, ohne daß ich Gelegenheit gehabt hätte, ihm zu sagen, wie unzufrieden ich mit ihm war.

In der Kolonne kam ich mir vor wie einer, der den ersten Tag auf Erdarbeit ist, obwohl ich jedes Gesicht gut kannte und mit diesem und jenem schon getrunken hatte.

Der Vormittag verging unter Rachegedanken. Ich schippte verbissen und war stumm wie mein Schaufelstiel. Bei jedem Stein, den ich ausgrub, erwog ich, wie vortrefflich er sich in der Rückengegend von Lautsprecher für mich nützlich machen könnte. Lautsprecher turnte in seiner aufreizenden Art im Graben hin und her. Er war geradezu stumpf wie ein Tier und merkte nicht, daß einer dort stand, der ihm jederzeit dies und das antun konnte. Was mußte es ihm gerade an diesem Tage einfallen, mich wieder in die Kolonne zu stecken? Hatte nicht das große Glück in Gestalt von Frau Daniel angesetzt, mich förmlich zu überfallen? Konnte ich erwarten, daß die Dame sich hier noch weiter um mich kümmern würde? Sie konnte mich unmöglich unter all den andern finden und unsere Bekanntschaft weiter pflegen.

Der Nachmittag kam heran. Am Himmel klebten Regenwolken. Auch das noch, dachte ich. Zu all dem andern Kummer würde ich Frau Daniel heute überhaupt nicht sehen, denn sie schien keine von den Frauen zu sein, die es nötig haben, auch im Regen auf die Straße zu gehen.

Der Himmel hielt sich wolkig, es regnete nicht, und die Zeit der Frau Daniel kam heran. Ich wurde auf ein Gespräch aufmerksam, das zwei Männer in der Mitte der Kolonne führten: »Du, ob die heute wieder vorbeikommt?«

»Wer?«

»Die Schwarze, die Modepuppe mit den gedrechselten Beinen.«

»Laß sie kommen oder nicht kommen, was hast du davon?«

»Ich habe Spaß davon.«

Kein Zweifel, hier ging es um Frau Daniel. War da etwa noch einer, dem dieses Wesen gefiel? Wie aber konnte man mit so gewöhnlichen Worten über diese Frau sprechen? Das beleidigte mich.

Nach einer Weile begann der Mann in der Mitte der Kolonne wieder von Frau Daniel zu reden. Ich versuchte zu erspähen, wer es war und ob er ernstlich als Nebenbuhler zu werten wäre. Ihn als Nebenbuhler zu fürchten, davon konnte keine Rede sein. Was bildete sich dieses Männchen ein, welche Vorstellungen hatte es von Frau Daniels Geschmack? Eine große Warze auf der Stirn, dazu eine herabhängende Unterlippe! So ein Gesicht mußte für die Dame Daniel wie Luft sein: Sie würde hindurchsehen.

»Du, weißt du, was ich heute mache?« fragte der vorn seinen Nebenmann.

»Was wirst du schon machen.«

»Doch, ich mache was.«

»Du siehst aus.«

»Du, ich mache es gleich, dann siehst du es.«

Der Mann mit der Stirnwarze sprang aus der Grube. Was für kläglich kurze Beine er sein eigen nannte!

Ich sah die Straße hinunter. Eben trat Frau Daniel aus ihrem Laden. Mein Herz begann hoch oben zu pochen. Jetzt mußte sich zeigen, ob sie mich unter all den andern herausfinden und mich mit ihrem Blick geradezu adeln würde.

Der Kurzbeinige war auf den Sandhaufen gesprungen und erhöhte ihn mit umherliegenden Brettern. Da hinüber sollte Frau Daniel steigen? Nie und nimmer! Ich sah eine großartige Gelegenheit heranreifen, mich Frau Daniel bemerkbar zu machen. Ich würde diese Schanze vor ihren Augen zerstören und die Dame wie ein großer Kavalier über den Hügel geleiten.

Der Kurzbeinige klopfte mit einem Stein einen Pfahl in den Sandhaufen, und Frau Daniel schwebte schon in der Mitte des Bauabschnitts. Sicher war sie traurig, weil sie mich am anderen Ende des Grabens nicht gefunden hatte. Ihr Gang schien mir ein wenig müde, ein wenig enttäuscht.

Ich stieß meinen Spaten in die Erde und bereitete mich für meine kommende Tat vor, da brüllte Lautsprecher wie ein Ungewitter los. Seine Schimpfkanonade richtete sich gegen den Kleinen auf dem Sandhaufen. Sie stritten eine Weile hin und her, und Frau Daniel näherte sich unserer Kolonne.

»Man wird doch seinen Spaß machen dürfen«, protestierte der Kurzbeinige.

»Ich werde dir gleich Spaß machen!« brüllte Lautsprecher. »Die Passanten belästigst du.« Er sprang aus dem Graben, stampfte über den weichen Sand an den Kurzbeinigen heran, stieß ihn zurück und riß wie ein Verrückter alles herunter, was der Kleine aufgebaut hatte. Der Kurze entwich verlegen lachend in den Graben. Lautsprecher stand wie ein Sieger auf dem Sandhaufen. Frau Daniel kam heran. Ich hustete stark, aber sie hatte keine Zeit, solche Zeichen zu beachten. Sie sah nur Lautsprecher, der einen Kampf für sie ausgefochten hatte, denn das Geplänkel auf dem Sandhaufen konnte ihr nicht entgangen sein. Frau Daniel erstieg errötend den Kiesberg. Lautsprecher beugte sich wie ein ausgebildeter Kavalier herunter und reichte ihr die Hand. Ich spuckte aus. Das ging zu weit. Die kleine, zarte Hand von Frau Daniel wurde entweiht, und ich stand da und mußte zusehen.

Frau Daniel sah Lautsprecher an und sagte: »Es gibt doch noch Kavaliere.« Sie verschwendete ihre einschmeichelnde

Stimme an diesen groben Klotz. Fast hätte ich ihr nachgeschrien, sie möge sich nicht allzusehr vergeben. Sie sollte bedenken, daß einer in der Grube stand, den sie kannte, der sie mit größerer Zartheit über den Sandberg geleitet haben würde als dieser Kerl mit der Betonbrust, dieser Klotz, der sich vorgedrängt hatte.

Das war geschehen, und ich konnte Lautsprecher fortan noch weniger leiden. Übrigens hätte Frau Daniel Sekunden später hören können, an welchen Nichtsnutz sie ihr schmiegsames Wesen vertan hatte. Lautsprecher sprang in den Graben zurück und lästerte: »Das wär' mir ein Futter. Hände hatte die – vom Faulenzen so weich wie Butter.«

Wie es seine Art war, zog Lautsprecher auch diese zarte Begegnung ins Politische. Bei ihm gab es sogar Klassen in der Liebe.

Die Zeit bis zum Feierabend verbrachte ich in Unzufriedenheit; es fiel mir schwer, zu entscheiden, ob mit mir selber oder mit Lautsprecher. Ich schippte mich an den Kurzbeinigen heran. Ich entsann mich seines Familiennamens und sprach ihn damit an, um ihn geneigter zu machen »Na, Kelle, wie schafft's?« fragte ich freundlich. Er durchschaute meine Heuchelei nicht. Es stellte sich heraus, daß Kelle den Vorfall mit Frau Daniel schon vergessen hatte. Als ich ihn jedoch daran erinnerte, verhehlte er seine Abneigung gegen Lautsprecher nicht. Es tat mir wohl, ihn auf Lautsprecher schimpfen zu hören. Ich hatte einen Verbündeten gefunden.

Es bestand übrigens keine Aussicht für mich, wieder von der Kolonne loszukommen. Lautsprecher bestimmte für den nächsten Tag einen anderen zum Grabengrundplanieren. Er schickte ihn an meine alte Arbeitsstelle und bewies damit, daß er mir nicht wohlwollte. Ich würde also keine Begegnung mehr mit Frau Daniel haben, die Zeit, in der ich mit ihr gewissermaßen auf du und du gestanden hatte, sollte vorbei sein. Lautsprecher war der Hagel für mein aufkeimendes Glück. Ich begann ihn zu hassen, aber das brachte mich Frau Daniel nicht näher. Ich zergrübelte mir den Kopf über meine traurige Lage, bis mir ein großartiger Gedanke kam, den ich sofort in die Tat umsetzte. Ich sah meine Armbanduhr an. Sie ging zuverlässig wie immer und zeigte mir, daß gleich Feierabend sein würde. In meiner Liebe zu Frau Daniel sollte nicht Feierabend sein. Dazu sollte mir die Uhr verhelfen. Ich schlug sie gegen den Schaufelstiel und betrachtete sie danach. Nichts war ihr geschehen. Ich schlug heftiger zu. Kelle hatte mich beobachtet. »Sie geht wohl nicht?« fragte er, um zu einer kleinen Schnaufpause zu kommen.

»Sie geht nicht, sie regt mich auf«, behauptete ich und hatte sogar recht damit: Die Uhr ging wirklich nicht mehr. Das Glas wies nach dem zweiten Schlag ein Spinnennetz von Rissen auf. Glassplitter waren auf das Zifferblatt gefallen und hinderten die Zeiger am Weiterlaufen.

Petra versuchte, daheim Gemütlichkeit herzustellen. Das Essen stand auf dem Tisch. Petra hatte Bier für mich geholt und mühte sich, mit mir ins Gespräch zu kommen. Sie sagte zum Beispiel: »Guten Tag. Das war heute kein schöner Tag, nicht, Paul?«

Ich knurrte wütend. Petra meinte sicher das Wetter, aber für meine wunde Seele waren ihre Worte Hohntropfen.

»Willst du Essig für die grünen Bohnen?« fragte Petra sanft, als ich zu essen begann.

Ich sagte nicht ja und sagte nicht nein. Ich ging an den Küchenschrank und holte die Essigflasche heraus. Petra brauchte nicht zu denken, daß sie gewisse Erniedrigungen, die sie mir zugefügt hatte, mit einem Schuß Essig ungeschehen machen konnte. Sie wurde nachdenklich und schwieg.

»Vater, deine Uhr ist kaputt«, rief Paula. »Ist sie heruntergefallen wie Muttis Uhr?«

»Ich muß sie zum Uhrmacher bringen«, sagte ich zu Paula, mit einem Seitenblick zu Petra hin. Meine Familie sollte wissen, daß ich gezwungen war, zu einem Uhrmacher zu gehen, und daß alle Folgen, die daraus entstehen konnten, unabwendbar waren.

»Deine Uhr?« fragte Petra »Könntest du meine mitnehmen? Du hast vielleicht einen Uhrmacher bei der Hand. Meine Uhr blieb eines Tages stehn.«

Oh, wenn Petra geahnt hätte, wie sehr ich einen Uhrmacher bei der Hand hatte! Natürlich sagte ich nichts davon. Ich antwortete überhaupt nicht. Auch die Uhr sollte Petra keine Gelegenheit geben, sich mit mir zu versöhnen, obwohl mir das Wort »Uhr« süß im Ohre summte.

Später fiel mir ein, daß ich Petras Uhr durchaus mitnehmen konnte. Ich brauchte sie nicht sofort abzugeben. Wer schrieb mir das vor? Petras Uhr konnte eine stille Reserve für mich bilden. Sie sollte mir mindestens zwei Begegnungen mit Frau Daniel verschaffen. Ja, so wollte ich es machen.

Der nächste Tag bestand für mich nur aus der Mittagspause. Für sie lebte ich, für sie nahm ich die Unbill, in der Kolonne arbeiten zu müssen, willig auf mich. Am Morgen hatte ich einige Worte mit Petra gesprochen. Ich hatte von ihr eine saubere Arbeitsbluse verlangt. Schließlich wollte ich nicht wie ein Dreckmatz in einem Laden erscheinen, wo Frau Daniel zwischen Gold und Silber einherging. Übrigens beschloß ich, mir umgehend eine neue Mütze zu kaufen.

Nun ging ich also in den Laden, den ich von außen schon so gut kannte. Ich stellte ihn mir wie ein silbernes Nest vor, in dem sich dieses braune Vögelchen kuschelte. Als ich die Tür aufdrückte, nicht ohne mein Aussehen im Türfenster zu prüfen, ertönte ein Gong. Er klang mir wie eine Engelsmelodie und stimmte mich feierlich. »Halleluja, die Liebe beginnt!« Und da stand nun Frau Daniel in ihrer Pracht! Es war gut, daß sie meiner nicht sofort ansichtig wurde. Sie hatte keine Zeit, sich um mich zu kümmern. Sie versuchte, einem begriffsstutzigen Manne klarzumachen, daß er seine Uhr nach der Reparatur unsachgemäß behandelt habe. Es war ein Mann mit bösartigem Gesicht, so schien mir, der nicht und nicht begreifen wollte, was er da aus berufenem Munde erfuhr. Er habe wie immer die Uhr in der Westentasche auf seinem eingefallenen Bauch getragen, es könne ihr nichts geschehen sein, behauptete er. Ich hatte Zeit, den Liebreiz von Frau Daniel auszukosten. Da stand sie und vergeudete ihr großartiges Lächeln an einen Menschen, der in meinen Augen trockener als eine Backbirne war. Sie strich sich mit der kleinen Hand zwei brünette Löckchen aus der Stirn, und ihre Mandelaugen versprühten Unmengen von Anziehungskraft, daß wohl auch dieser Griesgram zu fühlen begann, mit was für einem Wesen er es zu tun hatte. Es könne sein, gestand er schließlich, daß er mit dem Bauch gegen die Tischkante gestoßen sei. Eine Uhr sei ein verletzliches Ding, weiß der Himmel! Frau Daniel atmete auf und schrieb wie eine Siegerin einen neuen Reparaturschein für den Mann aus. Der Alte ging.

Ich war mit Frau Daniel allein. Sie legte die Uhr des Alten beiseite, und es verstrich eine Sekunde, bis sie sich mir zuwandte. Es war eine Sekunde, die mich innerlich fast zerriß. Das Schicksal stand gewissermaßen mit erhobener Startpistole hinter mir. Auch Frau Daniel schien den Hauch des Schicksals zu spüren, denn, wenn ich recht sah, schüttelte sie sich ein wenig, obwohl es gar nicht frühlingskühl im Laden war. Endlich hob sie ihre Augen und bedachte mich mit einem jener Blicke, die ich schon kannte. Mir schien, als habe dieser Blick mich besonders ausgezeichnet und mehr als eine Minute gedauert. In mir jubelte es. Kein Zweifel, Frau Daniel erkannte mich und hatte nichts dagegen, daß ich in ihrem Laden stand und das Schicksal herausforderte.

»Bitte schön?« fragte Frau Daniel mit einer Stimme, die mir Überraschung und Wiedersehensfreude zu verraten schien. Ich stotterte vor Aufregung. Sie mußte glauben, es mit einem Geistesschwachen zu tun zu haben, doch sie war höflich und schaute weg, wie man es bei Stotterern zu tun pflegt. Am liebsten hätte ich geschrien: Nein, nein, um Gottes willen, denken Sie das nicht! Wenn Sie wüßten, was mir Ihr Blick bedeutet, würden Sie ihn mir nicht entziehn!

Frau Daniel hatte meine Uhr in ihre kleine Hand genommen und klemmte sich eine Lupe in das rechte Auge. Ich war überrascht, sie gleichsam mit einem gläsernen Auge zu sehen. Ihr Gesicht war verzerrt, weil es durch und durch damit beschäftigt war, diese Lupe in der Augenhöhlung festzuhalten. Ich nahm mir vor, Frau Daniel später, wenn wir uns besser kennen würden, zu sagen, daß sie ihr Gesicht auf keinen Fall so mißhandeln dürfe.

»Das Glas«, sagte Frau Daniel.

»Ja, das Glas«, antwortete ich. »Wie das so ist, der Geldbriefträger bringt mir eines Tages eine größere Summe ins Haus. Ich werfe vor Freude die Arme in die Luft und schlage mit dieser unschuldigen Uhr gegen die Wand.« Ich errötete nicht einmal bei dieser Lüge. Frau Daniel sollte wissen, daß ich nicht der und jener war. Meine Erklärung verfehlte ihre Wirkung nicht. Frau Daniel setzte die Lupe ab und musterte mich. Ich zupfte an meiner sauberen Arbeitsjacke.

»Haben Sie in der Bärenlotterie gewonnen?« erkundigte sie sich

»Nicht gerade in der Bärenlotterie.«

»Wohl im Sporttoto?«

Es sah so aus, als müßte ich mich in meiner eitlen Lüge verstricken. »Nein«, sagte ich, denn die Protzerei war nun einmal heraus, »ich bekomme von Zeit zu Zeit privat Summen aus dem Ausland zugeschickt. Es geschieht nicht allzuoft, aber immerhin.«

»Aus dem Westen wohl?« fragte Frau Daniel.

»Wie es gerade kommt.« Ich starrte auf meine rechte Hand, die die alte Mütze hielt, und sah, wie mein Daumen zitterte. Wenn das ohne weitere Nachfragen abgehen würde, so nahm ich mir vor, dann wollte ich auch in der größten Liebesglut nie wieder Unwahrheiten in die Welt pusten.

Frau Daniel schienen meine Einkünfte nicht weiter zu interessieren. Sie setzte die Lupe wieder auf und vertiefte sich in das Innere meiner Uhr. Ich hatte Zeit, ihr haselnußbraunes Haar zu bewundern. Ein leiser Wohlgeruch strömte davon aus und verführte mich, an die Zukunft zu denken. Meine Hand fühlte sich verlockt, über dieses Haar hinzustreichen.

»Wir werden sie machen«, sagte Frau Daniel. »In drei Tagen, bitte ich Sie, einmal danach zu fragen.« Sie geleitete ihre Worte mit einem jener Blicke, von denen man sich so aufgefordert fühlt. Als sie den Reparaturschein ausfüllte, blieb mir Zeit, ihre zierlichen Hände zu bewundern.

»Paul Perla heiß ich«, sagte ich, als ich sie schreiben sah.

»Den Namen brauchen wir nicht«, sagte Frau Daniel, »Sie haben eine Nummer.«

Ich zuckte zusammen, weil ich für Frau Daniel nur eine Nummer war; jedoch schalt ich mich gleich darauf töricht: Sollte sie ein uraltes Geschäftsprinzip durchbrechen? Das konnte ich wahrhaftig nicht verlangen. Die Behutsamkeit, mit der Frau Daniel meine Uhr behandelte, söhnte mich vollends mit ihr aus. Ich stand noch eine Weile, bis sie sagte: »Es ist erledigt.« Ihr Blick dazu war kurz, aber wie eine Stichflamme.

Ich ging zufrieden wie ein gebadetes Kind aus dem Laden. Es bestand kein Zweifel darüber: Ich kam täglich weiter mit diesem charmanten Weib, und in einigen Wochen würden sich andere Dinge zwischen uns abspielen.

Zwei Tage vergingen. Am ersten war mir so leicht und wohl ums Herz, daß ich hätte hüpfen können. Ich tat es auch, wenn mich niemand sehen konnte. Ich war gut gegen Paula, die mich fragte, wann wir wieder auswärts essen würden.

»Laß den Vater«, sagte Petra in mildem Ton, »er wird alle Tage jünger und schöner.« Mit solchen plumpen Komplimenten wollte Petra mich wiedergewinnen und alles vergessen machen, was sie mir angetan hatte.

Wenn du wüßtest, wie sehr es zu spät dazu ist, dachte ich. Richtig genommen kam mir das Kompliment nicht ungelegen. Es war eine Bestätigung für mich, daß ich es mit Frau

Daniel gut getroffen hatte. In meine Gedanken vertieft, schaute ich Petra bei ihren Hantierungen zu und sah verblüfft, daß sie plötzlich einen röteren Mund im Gesicht hatte, einen Mund von der Form einer fliegenden Schwalbe. Die merkwürdigsten Veränderungen gingen mit Petra vor. Wenn Petra aber hoffte, mich wieder einfangen zu können, so befand sie sich auf dem gefährlichsten Irrweg, den sie je gegangen war. Ich tat, als ob ich nichts an Petra bemerkt hätte, und blieb den ganzen Abend wie ein Klotz in ihrer Küche. Ich verwandelte mich auch nicht, als wir nebeneinander im Bett lagen, und blieb steif wie ein Stock, als ich Petras Hand, die sie wie unabsichtlich meiner Schulter näherte, in ihrer ganzen Wärme fühlte.

Frau Daniel kam unentwegt an unserer Baustelle vorüber. Am ersten Tage brachte es mir keine große Beunruhigung, daß sie mich in der Kolonne nicht beachtete. Am zweiten Tage fing ich zu leiden an. Die Frau, mit der mich die meisten meiner Gedanken verbanden, ging stolz vorüber und wußte nicht, welche Herrlichkeiten ich mir ausmalte! Als ich ihr am zweiten Tag nachgeblickt hatte, bis mein Nebenmann mich anstieß, weil Lautsprecher zu mir hinschaute, kam mir plötzlich ein Gedanke, der vorher, wenn ich von Frau Daniel träumte, nie aufgetaucht war. Ich mußte an Frau Daniels Mann denken. Wie konnte ich erst jetzt darauf kommen, daß sie einen Mann haben mußte! Ich versuchte, mir diesen Mann vorzustellen. Zuerst hatte er in meiner Phantasie die Gestalt eines rohen Riesen, der nicht davor zurückschreckte, dieses feingebaute Wesen zu verprügeln, wenn sein Bier nicht auf dem Abendbrottisch stand. Ich verwarf dieses Bild wieder. Nein, Frau Daniel sah nicht aus, als ob sie sich so eine Behandlung gefallen lassen würde. Frau Daniels Mann schrumpfte in mir zu einem Männchen zusammen, das hinter dem Laden saß und in den Uhren anderer Leute herumstocherte. Ein Männchen mit Fistelstimme, ein halber Kastrat, der nie in seinem Leben bis an das feurige Herz seiner Frau vorgedrungen war. Diese Vorstellung gefiel mir besser. Aber die Tatsache, daß ein Mann zu Frau Daniel gehören müsse, wollte mich nicht wieder zur Ruhe kommen lassen. Aufregungen, immer neue Aufregungen. Man mußte sehen.

Ein langer Tag sollte noch vorübergehen, bis ich Frau Daniel wiedersehen würde. Indessen saß dieses Männchen hinter dem Laden und durfte diese Frau um sich haben, ohne von den Seligkeiten, die sie verströmte, das mindeste zu spüren. Zum Glück fiel mir Petras Uhr ein, die, in Papier gewickelt, in der Seitentasche meines Arbeitsanzuges steckte.

Ich fand den kleinen Uhrmacherladen leer. Alte Regulatoren an den Wänden tickten. Es hörte sich an, als ob viele kleine Maschinen an einer großen Sache arbeiteten. Nun ja, die große Sache war mein Schicksal, dem ich hier gegenüberstand und das unerhörte Dinge mit mir vorhatte. An den großen Gong bei der Ladentür hatte sich mein Ohr schon gewöhnt. Er schien mir wie die Glocke am Eingang des Paradieses. »Halleluja, die Liebe blüht!« Jetzt aber erklang ein hellerer Ton, wie der Ton von einer Ministrantenglocke, den ich aus der Kinderzeit noch im Ohr hatte. Frau Daniel trat aus dem Hinterstübchen in den Laden. Sie hatte sich in ein Kleid von der Farbe des Frühlingshimmels gehüllt. Sie neigte fragend den Kopf, und ihr Blick war wie ein großes Streicheln. Es bestand für mich kein Zweifel, daß sie mich wiedererkannt hatte und daß alle Möglichkeiten offenstanden. Ich würde ihr sogar auf der Straße zulächeln, ihr, wo ich sie auch traf, einen Gruß zuteil werden lassen können.

Als ich Petras Uhr aus meiner Tasche nestelte, fiel mir ein, daß Frau Daniel dies und jenes denken könnte, wenn ich eine Damenarmbanduhr in Reparatur gab. Sie konnte am Ende vermuten, ich sei verheiratet, und das war ich wirklich nicht, wie die Dinge mit mir und Petra standen. Als ich die Uhr auswickelte, sagte ich deshalb: »Ich habe eine kleine Base. Ihre Uhr ging entzwei. So ist das, wenn man Kindern eine Uhr schenkt.«

Frau Daniel schien sich für diesen außerordentlichen Fall nicht besonders zu interessieren, sie nahm die Uhr und setzte die schwarze Lupe auf, die ich zu hassen begann.

»Ohne dieses schwarze Ding können Sie wohl nicht sehen?« fragte ich. »Es entstellt Sie so.«

Das Kompliment war heraus. Vor Liebe zitternd, hatte ich etwas gesagt, was die Dinge ins Rollen bringen mußte. Frau Daniel setzte die Lupe ab und sah mich prüfend an. Gleich würde ich hören, was meine Worte bei ihr ausgerichtet hatten. »Es handelt sich um eine größere Reparatur«, sagte Frau Daniel. »Einen Augenblick, ich lasse das hinten überprüfen.«

Sie ging in das Hinterstübchen. Ich versuchte, durch die geöffnete Tür zu spähen. Die Eifersucht hatte sich schon bei mir eingenistet. Da saß der Mann dieser von mir verehrten Frau, riß ihr wahrscheinlich die Uhr aus der Hand und behandelte sie grob. Er saß wie eine Drohne in seiner Bastelecke und ließ sich von ihr die Arbeit zuschleppen wie süßen Honig, während andere Menschen bei Wind und Wetter in der Erde wühlten und kaum die Zeit erübrigten, ihre persönlichen Verhältnisse zu regeln. – Sosehr ich mich aber anstrengte, zu entdecken, was hinter der Scheibengardine vorging, ich gewahrte nichts.

Schneller, als ich erwartete, war Frau Daniel zurück. Ich konnte ihr nicht verdenken, daß sie sich keine Minute länger als unbedingt nötig bei diesem Männchen aufhielt.

»Dreizehn Mark«, sagte Frau Daniel und suchte nach einem Reparaturschein.

»Wie bitte?« fragte ich, aus meinen Gedanken gescheucht.

»Sie muß gereinigt werden, deshalb kostet es mehr«, erklärte Frau Daniel.

»Ich fragte keinesfalls des Preises wegen«, antwortete ich. »Ich dachte eben an etwas.«

»Dreizehn Mark«, wiederholte Frau Daniel.

Dachte dieses Wesen vielleicht, dreizehn Mark seien für mich ein unerschwinglicher Preis? Das sollte die Dame keine Minute denken. Ich besaß noch alle Tage so viel Geld, sie einen Abend lang ins Café »Budapest« zu führen. Deshalb sagte ich: »Wirklich, der Preis spielt keine Rolle. Ich kann ihn auch im voraus bezahlen, wenn Sie wünschen.«

Frau Daniel wehrte ab. Es schien ihr plötzlich peinlich zu werden, daß sie mit mir von Uhrenpreisen redete. Sie sah mich abschätzend an, und zuletzt schenkte sie mir einen ihrer gefährlichen Blicke. Ich hatte das Gefühl, nackt vor ihr zu stehen. Kein Zweifel, wir kamen weiter miteinander.

Ich hatte den Reparaturschein in die Tasche gesteckt, da kam mir der Gedanke, zu prüfen, wie weit ich im Innern dieses charmanten Weibes vorgerückt wäre. Ich fragte vertraulich nach meiner Uhr und wie es ihr gehe.

»Ihre Uhr?« forschte Frau Daniel sachlich. »Haben Sie eine hier? Den Reparaturschein, bitte!«

Ich fiel innerlich sehr tief. Alles, was ich sagte, sagte ich mechanisch. »Ich habe den Schein nicht bei mir.« Es war überflüssig, daß ich hier stand und redete. In mir tobten Gedanken: Frau Daniel verlangte von mir, der sich als ihr Geliebter fühlte, einen Reparaturschein. Sie konnte sich nicht auf eine Uhr besinnen, die gewissermaßen von Liebe durchglüht in ihre Hand gelegt worden war. Ich ging.

Vor einem Blumenladen blieb ich stehen und starrte ins Schaufenster. Ich sah keine Blüten, sondern füllte mit meinen Gedanken die Löcher in meiner Seele. Mit dem Kummer, der einen überfällt, schießen zugleich auch die Abwehrstoffe ein. Ich weiß nicht, wie lange ich vor dem Blumenfenster gestanden hatte, als in mir das Kummer-Gegengift zu wirken begann. Mir wurde gewiß, daß Frau Daniel sich in jedem Falle, ob Liebe oder nicht, den Reparaturschein hätte zeigen lassen müssen. Sie war verantwortlich für die reelle Abwicklung eines Geschäfts, das nicht mit Kleinigkeiten, sondern mit Wertstücken vonstatten ging. Außerdem saß ihr vertrockneter Mann in der Werkstatt und verlangte von ihr, daß sie sich auch vom geliebtesten Wesen einen Reparaturschein zeigen ließ; sicher war das so und nicht anders.

Die Mittagsstunde war vorüber, als ich zur Baustelle zurückkam. Ich machte mich auf einen Zusammenprall mit Lautsprecher gefaßt. Ich war in der richtigen Stimmung, diesem Kerl mit einem Betonring in der Herzgegend meine Meinung zu sagen.

Die Kumpel saßen noch zusammen, und Lautsprecher war in eine Fachsimpelei über das Betonieren vertieft. Nach einer Weile kam ein Kollege vom Bauabschnitt hinter der Straße zu uns und erkundigte sich, wie lange wir noch Mittagspause zu machen gedächten. Lautsprecher fuhr wie von Sandflöhen gestochen hoch, schaute auf seine Uhr, beklopfte sie und stellte fest, daß sie stehengeblieben war.

»Heut morgen aufgezogen – und steht.« – Ich sah Lautsprecher für einen Augenblick, aber wirklich nur für einen Augenblick, ratlos. »Sie muß ins Krankenhaus«, sagte er und lächelte lau.

Manche lachten über Lautsprechers Witz. Ich konnte mich nicht dazu entschließen. Ich entschloß mich aber zu etwas anderem; als Lautsprecher nach einer Weile fragte: »Wohnt da vorn nicht ein Uhrmacher?«, ging ich auf ihn zu und sagte, daß ich einen guten Uhrmacher bei der Hand hätte, der nicht allzu teuer sei.

Lautsprecher schien über meinen Diensteifer erstaunt zu sein. Er gab mir die Uhr und sagte: »Sieh zu, Perla, daß sie schnell fertig wird.« Das versprach ich und machte mich wieder an die Arbeit.

Es hätte mir gefehlt, daß Lautsprecher Frau Daniels Laden entdeckte. Ich erinnerte mich des Blicks, den die schöne Frau vor Tagen an diesen Krakeeler vertan hatte. Konnte ich zulassen, daß sie bei all dem Kummer mit ihrem Mann in Lautsprechers rohe Hände geriet? Nein, Lautsprechers Uhr mußte mir helfen, mich Frau Daniel so gut einzuprägen, daß alle Dinge, die ich mit ihr vorhatte, möglich wurden. Das hieß, nur für den Fall, daß sie mich tatsächlich noch nicht kennen sollte. Bis zum Abend waren meine Zweifel aber wieder ausgewischt. Wie hätte mich Frau Daniel um alles in der Welt so intim angeschaut, wenn sie mich nicht kannte?

Petra hatte an diesem Abend Spätdienst. Ich ging zu Bett, ohne wie in guten Zeiten auf ihre Rückkehr zu warten. Zuvor hatte ich wieder ein wenig in dem Buch über die Unbekannte gelesen, die in die Seine gesprungen war. Das Buch begann mich zu interessieren, denn die Unbekannte nahm in meiner Vorstellung die Gestalt von Frau Daniel an. Es schien mir so gut wie sicher, daß auch jene Unbekannte die Frau eines Mannes war, der in einer Uhrmacherwerkstatt saß und sie traktierte.

Ich erwachte von einer Umarmung, schlief aber gleich wieder ein, oder tat ich es nicht? Jedenfalls hatte ich in einer Art Halbschlummer ein erfüllendes Erlebnis mit Frau Daniel. Am Morgen erwachte ich mit Dankbarkeit über diesen Traum und mußte feststellen, daß Petra bei mir lag. Ich schrak zusammen. Meine Phantasie hatte mich irregeführt. Zorn gegen Petra packte mich. Waren wir so vertraut miteinander, daß sie sich nachts zu mir legen, mich überrumpeln und zu Taten hinreißen durfte, die, wie die Dinge standen, nie geschehen sollten?

An diesem Morgen war Petra, das muß ich gestehen, besonders nett zu mir. Ich hätte ihr leicht sagen können, daß sie einem Irrtum zum Opfer gefallen war. Eine leise Ungewißheit in bezug auf Frau Daniel warnte mich jedoch, meinen Trumpf schon jetzt aus der Hand zu geben. Ich blieb aber kühl.

Ich wäre am liebsten schon vor Arbeitsbeginn in den Laden von Frau Daniel gegangen. Es mußte bald etwas Wirkliches geschehen, wenn es schon so weit war, daß ich im Traum bei ihr lag, als wäre das eh und je so gewesen.

An diesem Tage war auch Frau Daniel besonders liebenswürdig zu mir. Sicher hatten sich unsere Träume gekreuzt, und sie sann über unser Verhältnis nach. Vielleicht hatte sie ihren Morgen damit verbracht, sich Vorwürfe zu machen, weil sie mich am Vortage mit ihrer Kleinlichkeit enttäuscht hatte. Um ähnliche Enttäuschungen zu vermeiden, legte ich den Schein für meine Uhr sofort auf den Ladentisch. Frau Daniel schaute ihn kaum an, so schien mir, sie wußte gleich, um welche Uhr es sich handelte. Sie entnahm die Uhr einem Kasten, lächelte fein, und mir war's, als sollten unsere Augen nicht mehr voneinander loskommen.

»Sieben Mark fünfzig«, sagte sie. »Es war mehr daran entzwei als das Glas, wie sich herausstellte. Sie sind sehr unvorsichtig mit der Uhr umgegangen, finde ich.«

Da stand die Ahnungslose und konnte so reden! Hatte ich nicht um ihretwillen der Uhr einen Schlag versetzt und sie vielleicht für alle Zeiten beschädigt? Wenn Frau Daniel gewußt hätte, daß diese Uhr an ihrem Schicksal arbeitete, würde sie um keinen Preis der Welt in diesem Augenblick, wo unsere Liebe sich anschickte, unüberwindlich zu werden, Zahlen über ihre Lippen gebracht haben. So aber fragte sie: »Es ist Ihnen hoffentlich recht und nicht zu teuer?«

»Es ist mir sehr recht«, sagte ich. »Wissen Sie, ich bin einer von den Menschen, für die eine Uhr fünfzehn Mark und mehr kosten könnte, wenn sie die Gewähr hätten, es mit einer Schicksalsuhr zu tun zu haben, wenn sie ein wenig Gewißheit hätten, ob ...« Ich stockte. Was in aller Welt sagte ich da? Frau Daniel sah mich prüfend an. Es schien ihr Freude zu bereiten, mich mit einem ihrer Blicke völlig zu verwirren und in eine peinliche Lage zu treiben. Ich suchte in meinen Taschen nach Geld, um meine Verlegenheit zu verbergen. In der Geldtasche fand ich nur drei lose Markscheine. Die ganze Zeit hatte ich an Frau Daniel und an unsere kommende Begegnung gedacht, hatte aber kein Geld für eine Uhrenreparatur eingesteckt. Ich durchsuchte alle Taschen meines Arbeitsanzuges, obwohl ich wußte, daß sich darin niemals Geld aufhielt.

»Geht es Ihnen auch so mit dem Geld?« fragte ich, um das aufreizende Ticken der vielen Uhren zu durchbrechen. »Man steckt es nichtachtend lose in die Tasche, und dann tritt es unbeobachtet seine Wanderung an. Von einer Tasche in die andere. Manchmal geht es ganz aus den Taschen heraus«, beteuerte ich, als ich die Suchrunde durch alle äußeren Taschen beendet hatte. »Darf ich Ihnen vielleicht zunächst diese drei lumpigen Mark anbieten?« fragte ich Frau Daniel erregt und machte einen letzten Suchversuch in meiner Brusttasche. Dort kam mir die dicke Taschenuhr von Lautsprecher in die Hand. »Sehen Sie«, sagte ich zu Frau Daniel. »Das ist es, was ich die ganze Zeit für Geld ansah, eine Uhr! Haben Sie so etwas erlebt? Statt Geld schleppe ich andere Wertsachen mit mir herum, wie zum Beispiel diese Uhr.«

Frau Daniel nahm die Uhr und machte sich daran, sie zu untersuchen. Ich ließ es geschehen, obwohl das nicht in meinem Plan lag, denn die Uhr sollte mir ein weiteres Stelldichein mit Frau Daniel verschaffen. Jetzt ging sie ohne den erhofften Gegenwert davon, aber mir war alles gleich, weil ich in meinen Taschen nichts fand als ein paar Tabakkrümel.

»Ich werde die Uhr nicht mitnehmen, wenn Sie erlauben«, sagte ich zu Frau Daniel. »Es fehlt, daß ich Ihnen eine Uhr wegschleppe, für die Sie keinerlei Sicherheit haben. Nein, ich bin der letzte, der Ihnen auf diese Weise womöglich Unliebsamkeiten mit gewissen Geschäftspartnern bereiten möchte.«

Frau Daniel schaute mich wieder prüfend an. Sie mochte mich für einen Halbirren halten. Inzwischen hatte sie Lautsprechers Uhr untersucht und war zu dem Ergebnis gekommen, daß es sich um eine Reparatur von mindestens fünfundzwanzig Mark handeln würde.

»Kein Wort darüber, machen Sie, was Sie für nötig halten, und wenn es einunddreißig Mark und fünfundachtzig kosten sollte. Es handelt sich um die Uhr eines Verantwortungsträgers und alles miteinander. Er bat mich, sie um jeden Preis reparieren zu lassen.«

In meiner Verwirrung war ich zur Ladentür gegangen. Ich wartete nicht einmal den Blick vom Frau Daniel, dieses großartige Geschenk für einen Liebeshungrigen, ab, aber da trat etwas ein, was meine Hoffnungen und Wünsche aufschießen ließ wie junge Brennesseln im Frühling. Frau Daniel fragte sanft und verbindlich: »Und Ihre Uhr, werden Sie sie nicht mitnehmen?«

»So ohne Sicherheit werden Sie sie mir aushändigen?« fragte ich erregt zurück.

»Nehmen Sie sie nur«, sagte Frau Daniel und drückte mir die Uhr sanft in die Hand. Ich spürte ihren kleinen Finger in meiner Handfläche, und es durchschauerte mich. In diesem Schauer lag etwas von der Süße des Traumes, den ich mit Frau Daniel verbracht hatte. Da stand sie, brünett und in allen Stücken ein begehrenswertes Weib, und ihr letzter Blick ließ mein Herz hüpfen. Noch draußen auf der Straße glaubte ich, die zärtliche Berührung von Frau Daniels kleinen Fingern in meiner Handfläche zu spüren.

Im Kellerladen, es mußte wohl eine Zoologische Handlung sein, saßen die Zeisige wie fröstelnd in ihrem verschmutzten Bauer. Jetzt sollte geschehen, was ich mir vor Tagen vorgenommen hatte. Die Liebe zwischen mir und Frau Daniel war zu einem Vertrauen auf ihrer Seite angewachsen, das sie mit Summen, wie beispielsweise sieben Mark und fünfzig, großzügig umgehen ließ wie eine Herzogin der Liebe.

Ich stieg in die Handlung hinab, entschlossen, mit meinen drei Mark einer von den zwei geplagten Kreaturen etwas Gutes anzutun. Es würde mir Freude machen, den Zeisig von meiner Hand in die Freiheit hinaustaumeln zu lassen.

Der Zeisig sollte drei Mark und fünfzig kosten. Sollte die gute Sache an lumpigen fünfzig Pfennigen scheitern? Ich war so durchdrungen von meiner Liebe, so erfüllt von meiner Mission, daß ich mutig wurde und mit dem Manne zu handeln begann. Ich erklärte ihm, daß mir dieses Tier wenig Nutzen brächte, weil ich es draußen sofort in die Freiheit entlassen würde. Wieder schien mich jemand für irrsinnig zu halten. Vielleicht wollte sich der Händler nicht der Gefahr aussetzen, daß ich seinen Laden zerstörte, und so ging er auf den Preis von drei Mark ein, stellte aber die Bedingung, daß ich den Zeisig vor seiner Ladentür aufsteigen lassen müßte. Ich versicherte, das sei mir ganz gleich, wenn ich nur mit meiner unerhörten Handlung zum Zuge käme.

Es stellte sich heraus, daß ich die drei Mark bei Frau Daniel auf dem Ladentisch liegengelassen hatte. Als ich meine Taschen wie in Frau Daniels Laden durchsucht hatte, ohne auf die drei Mark gestoßen zu sein, zuckte der Händler bedauernd die Schultern, ging höflich zur Tür und öffnete sie. Seine Vermutung, daß ich irrsinnig sei, mußte sich verstärkt haben. Meine selige Stimmung erlaubte mir nicht, zu Frau Daniel zurückzugehen. Die drei Mark durften ruhig bei ihr sein. Die Geldgeschichte konnte an einem der nächsten Tage geregelt werden.

Frau Daniel sah ich am selben Tage noch einmal. Sie kam eine halbe Stunde früher als sonst, wie sich an meiner reparierten Uhr leicht feststellen ließ. Ich streichelte meine Uhr mit Blicken, denn vor ein paar Stunden hatte sie noch in Frau Daniels Hand gelegen, und diese Hand hatte mir die Uhr mit zärtlichem Druck überreicht.

Kelle, mit dem ich zusammen arbeitete, weil wir beide etwas gegen Lautsprecher hatten, sagte, als Frau Daniel unsere Baustelle passiert hatte: »Ich möchte wissen, wohin die jeden Tag rennt, die rennt richtig! Die geht ihrem Alten um die Nase und huscht zu einem, von dem sie mehr hat.«

Das war eine Beleidigung für mich. »Du siehst nur Schmutz und Dreck. Eine anständige Frau geht vorüber, und du entheiligst sie mit deiner Rüpelphantasie.«

»Du hast wohl was mit der?« fragte Kelle höhnisch und wischte sich mit dem Handrücken die Nase.

»Nein«, sagte ich heftig, »aber ich verbitte mir, daß du in meiner Gegenwart schlecht von Frauen sprichst, die du nicht im geringsten kennst.«

»Wenn du noch nichts mit ihr hast, dann kommt's noch«, hänselte Kelle mich. »Ich sag dir eins: Sieh die vor. Die zieht dich bis aufs Hemd aus.«

In diesem Augenblick kam Lautsprecher zu uns und erkundigte sich, wann er seine Uhr zurückerhalten würde. »In acht Tagen«, antwortete ich; ich log es, denn ich hatte Frau Daniel nicht gefragt. Den Reparaturschein hatte ich mit den drei Mark zusammen liegengelassen. Das war nicht schlimm. Am nächsten Tage würde ich bei Frau Daniel ohnehin zu tun haben. Ich schippte eifrig weiter, als ich Lautsprecher die Unwahrheit sagte. Er sollte die Unruhe nicht bemerken, die in mir aufkam.

»Machst du heute Überstunden?« fragte Lautsprecher. Da erst gewahrte ich, daß alle anderen sich anschickten, die Baustelle zu verlassen. Ich warf einen Blick auf meine Uhr, sie stand. Am liebsten hätte ich losgeschimpft, aber konnte ich das in Lautsprechers Gegenwart, nachdem ich seine Uhr ebenfalls zu Frau Daniel in Reparatur gebracht hatte?

Ich zog meine Uhr auf. Sie war nicht völlig abgelaufen, und es war nicht einzusehen, weshalb sie stehengeblieben war. Ich starrte auf den Sekundenzeiger. Die Uhr ging wieder. Ich schaute mich argwöhnisch in der Baubude um. Hatte jemand bemerkt, daß ich mit meiner Uhr hantierte?

Irgend etwas stimmt an der Uhr nicht, überlegte ich auf dem Heimweg. Die Drohne Daniel, die dort im Hinterstübchen saß, hatte vielleicht Ahnung, wie man eine schöne Frau schikaniert; aber in seinem Fach war dieser Daniel ein Stümper.

Das wurde eine unruhige Nacht für mich. Meine Gedanken rumorten. Ich bezweifelte, daß Frau Daniel mich wiedererkannt hatte. Wenn sie mir die reparierte Uhr ohne Bezahlung ausgehändigt hatte, so brauchte sie mir deshalb nicht zu vertrauen. Sie hatte mit Lautsprechers Uhr eine Sicherheit in der Hand; sie hatte die Uhr untersucht und gewiß festgestellt, daß sie sieben Mark und fünfzig wert war.

Petra kam nach Hause und ging leise umher, um die Kleine und mich nicht im ersten Schlaf zu stören. Das regte mich auf. Ich bekam Lust, Petra zu reizen: »Was schleichst du umher?« fragte ich hart. »Das unreine Gewissen plagt dich! Dein Mann soll nicht aufwachen und sich seiner unwürdigen Lage als Kindermädchen und Abwäscher bewußt werden, wie? An deiner Stelle würde ich diesem Schürzenträger von einem Manne auch überlassen, deine Unterwäsche zu waschen, damit das Maß voll wird. Alle Hausbewohner, die mir auf der Treppe begegnen, kennen mein trauriges Los. Ich ertrag ihre mitleidvollen Blicke nicht mehr. Bin ich ein Halbtoter?«

Petra versuchte vergeblich, meinen Ausbruch aufzuhalten. Sie setzte sich auf den Rand meines Bettes. Ja, sie ging noch weiter. Sie fuhr mir mit der Hand durchs Haar und sagte: »Was hast du die letzte Zeit, Paul?«

»Ich habe allerhand, überhaupt alles, was möglich ist.«

»Bin ich schuld daran, Paul?« fragte Petra sanft zurück.

Ich stimmte ein eiskaltes Gelächter an: »Hahahaaaa, bin ich schuld! So etwas kann das Weib fragen! Reize mich nicht, das Wort ›Schluß‹ auszusprechen. Jede Minute kann es passieren, daß dieses Wort herniederprasselt und alles unter sich begräbt.«

»Hast du Ärger auf der Baustelle?« wollte Petra wissen.

»Über derlei Dinge werde ich mich nicht im geringsten mit dir unterhalten«, brüllte ich, »ich könnte sie ebensogut dem Denkmal einer Straßenbahnschaffnerin erzählen. So ein Denkmal ist wenigstens warm, wenn die Sonne drauf scheint.«

»Du kränkst mich, Paul«, sagte Petra und versuchte, mich wieder zu streicheln. Ich warf mich herum und starrte die Wand an. »Wie hast du das so schnell gespürt? Es ist geradezu ein Meisterstück des Gefühls! Natürlich kränke ich dich. Es ist mir ein Bedürfnis, dich zu kränken. Soll ich mit verträumten Augen hier liegen und warten, bis du von deinem Denkmalssockel in den Frühling herabsteigst? Ich bin

... ich bin und überhaupt, was soll das ...? Es wird sich alles zeigen ...« Ich begann mich zu verhaspeln. Unsere Paula wurde wach, kroch zu Petra hinüber und kuschelte sich bei ihr ein. Die Nacht stand wie dicke Tinte im Zimmer. Ich schwamm, wie ich konnte, hindurch. Das Atmen von Petra reizte mich.

Als ich am Mittag des neuen Tages in Frau Daniels Laden stand, war die qualvolle Nacht vergessen. Ich hatte mir ein sauberes Sporthemd angezogen, dessen Kragen ich jederzeit zuknöpfen konnte. Auf dem Wege von der Baustelle zu Frau Daniels Laden band ich mir um den zugeknöpften Kragen einen Schlips. Frau Daniel sollte eine Ahnung bekommen, daß sie es mit einem Bestarbeiter zu tun hatte.

Auch Frau Daniel mußte eine sehnsuchtsvolle Nacht hinter sich haben. Sie hatte die tiefen Augenränder, die eine schlaflose Nacht verrieten, überpudert. Ich hätte sie für diese Mühe küssen mögen. Sie erschien übrigens in einem zarten Sommerkleid mit tiefem Ausschnitt, und ich spürte den Duft ihrer Haut. Sie nickte mir zu, lächelte fein, und jeder Zoll an ihr war Dame.

Nachdem wir uns aneinander gefreut hatten, bat ich Frau Daniel um den Reparaturschein für Lautsprechers Uhr.

Sie überlegte und sah dabei besonders schön aus. »War es eine Armbanduhr?« fragte sie.

Ich erklärte ihr, daß es sich um eine altmodische Taschenuhr handelte, und Frau Daniel besann sich langsam. Gelassen füllte sie einen Reparaturschein aus und erwähnte nebenbei: »Sie waren der Herr, der mir sieben Mark und fünfzig für eine Uhr schuldig geblieben ist.«

»Der bin ich, wie ich hier vor Ihnen stehe«, sagte ich und zählte das Geld auf. »Es war mir peinlich genug«, entschuldigte ich mich, »die Uhr ohne Bezahlung mitzunehmen, aber Sie wissen, wie das ist: Es kann zuweilen lästig sein, ein dickes Portemonnaie wie eine Beule in der Tasche zu tragen. Man läßt es fast absichtlich daheim auf dem Klavier liegen ...«

»Spielen Sie gern Klavier?« fragte Frau Daniel.

»Jetzt weniger«, sagte ich. »Meine Stellung verbietet es mir.« Ich nestelte an meinem Schlips. »Früher war ich fast ein Künstler im Klavierspiel, von ›Ramona‹ bis ›Lilli Marleen‹ spielte ich alles auswendig, sozusagen aus dem Reperteure. Sie wissen schon.«

Frau Daniel nickte beflissen und sagte: »Ich höre die ›Capri-Fischer‹ sehr gern, besonders wenn ich in einem anderen Zimmer sitze. Dieses Lied bewegt mich ... Ich weine zuweilen dabei.«

Ich stockte beim Aufzählen des Geldes und sah Frau Daniel mutig und durchdringend an. Am liebsten hätte ich gesagt, wie sehr ich verstand, weshalb sie manchmal weinte. Welche Frau in ihrem Alter würde etwas anderes tun bei dem Mann, den Frau Daniel ihr eigen nennen mußte? Ich war gerührt und erschüttert über das Zusammenklingen unserer Seelen, und es fiel mir nicht auf, daß ich Frau Daniel mit dem Klavierspiel belogen hatte. Ich spielte nur Mundharmonika und, wenn es hochkam, ein wenig Mandoline. Aber so gewaltig war der Unterschied wohl nicht.

»Was hatte ich gleich bei Ihnen an Schulden?« fragte ich Frau Daniel mit der Geste eines Mannes, der sich kleine Summen schlecht merken kann.

»Sieben Mark und fünfzig waren es, dächt ich«, sagte Frau Daniel vorsichtig und anscheinend angeekelt von so prosaischen Dingen wie Geld.

Sollte ich die Liebe an die drei Mark erinnern, die ich am Vortage als Anzahlung dagelassen hatte? Das ging um keinen Preis im Himmel und auf Erden!

Frau Daniel strich das Geld ein und drücke die Registrierkasse. Ich hatte Zeit, mich für den Anblick ihres Mannes zu wappnen. Die Zeit schien mir gekommen, Frau Daniel zu beweisen, was für ein unfähiger Mann sie beherrschte. Ein Mann, der nicht die einfachste Reparatur an einer Uhr ausführen konnte.

»Es ist vielleicht nicht zuviel, meine Dame«, sagte ich,

»wenn ich jetzt von Ihnen verlange, den Meister sprechen zu dürfen.«

»Handelt es sich um diese Uhr?« fragte Frau Daniel und nahm meine Uhr vom Ladentisch.

»Genauso ist es«, versicherte ich.

»O bitte!« sagte Frau Daniel mit vorwurfsvollem Gesicht. »Sie haben wenig Vertrauen zu mir.« Sie hatte schon die Lupe in den rechten Augenwinkel geklemmt, und ich bemerkte wieder den Anflug von Häßlichkeit in ihrem Gesicht. Gott sei Dank setzte Frau Daniel die Lupe nach kurzer Zeit ab und sagte liebreizend: »Wir brauchen den Meister nicht zu bemühen. Es handelt sich um eine Reparatur in Höhe von sieben Mark und fünfzig. Die Uhr hat, wie ich sehe, einen Stoß bekommen, vor allem aber muß sie gereinigt, gründlich gereinigt werden.«

»Man betrügt Sie, Frau Daniel, man betrügt Sie«, stotterte ich. Ich weiß noch, daß ich in diesem Augenblick ihren Namen zum ersten Male aussprach. Frau Daniel stutzte und sah mich durchdringend an. Ich hatte das Gefühl, daß alles zu Ende wäre. Frau Daniel schien mich nicht zu kennen. Sie erinnerte sich nicht an das Aussehen meiner Uhr, die ich tags zuvor abgeholt hatte. Ihr langer, aufmerksamer Blick machte mich aber wieder zuversichtlicher.

»Wieso betrügt man mich, mein Herr?« fragte Frau Daniel nachdenklich. In ihren Augen schien mir ein Anflug von Trauer zu liegen. Ich fühlte meine große Gelegenheit kommen.

Ich mußte dem unschuldigen Wesen klarmachen, wie sinnlos sein Verhältnis mit dem Stümper in der Werkstatt sei, deshalb sagte ich: »Gleich werde ich Ihnen zu wissen geben, wer Sie betrügt, Frau Daniel. Könnte ich jetzt den Meister sprechen, der diese Uhr vor sage und schreibe zwei Tagen repariert haben will. Er bringt Sie, eine Frau, die von aller Welt verehrt wird, in eine so peinliche Lage.«

»Oh!« Frau Daniel zuckte zusammen. »Der Meister ist

leider nicht im Hause. Wenn Sie durchaus nicht mit mir vorliebnehmen wollen, so müßten Sie sich am Abend herbemühen.«

Kein Zweifel, ich hatte Frau Daniel beleidigt. Ihr Gesicht verriet es. Vielleicht war mit meiner Uhr nach der Reparatur etwas geschehen, ohne daß ich es bemerkt hatte?

Frau Daniel betrachtete die Uhr noch einmal. »Es ist so, wie ich Ihnen sage«, seufzte sie. »Wo arbeiten Sie übrigens? Arbeiten Sie auf dem Bau?«

»Ich bin Bestarbeiter«, antwortete ich.

»Da haben wir's«, sagte Frau Daniel erlöst. »Bestarbeiter und Aktivisten – bei solchen Leuten kommt das jede Woche vor. Sie arbeiten mehr als andere Menschen, sie schonen sich nicht und noch weniger eine Uhr. Ein Schlag bei der wilden Arbeit an so ein empfindliches Instrument, etwas Sand oder Zement in den Ärmel, und schon ist die Uhr gefährdet. Ich kenne das, glauben Sie mir.«

Dabei hatte Frau Daniel das niedlichste Gesicht zur Verfügung, das ich je bei ihr gesehen hatte. Vielleicht hätte ich die Geschichte mit der Uhr auf sich beruhen lassen und sie einfach küssen sollen.

»Wissen Sie, wir sind nicht so«, fuhr Frau Daniel fort. Wenn Sie Pech mit Ihrer Uhr gehabt haben, so sind wir die letzten, die Ihnen nicht entgegenkommen. Wir werden die Uhr zum Selbstkostenpreis reparieren. Man weiß schließlich, wie kleinen Leuten ums Herz ist, wenn sie geradezu vom Unglück verfolgt werden.«

Was dachte diese Frau Daniel von mir?

»Es geht mir weniger um das Geld«, stotterte ich. »Es geht mir darum, daß ich eine verläßliche Uhr habe.«

»Selbstverständlich«, Frau Daniel pflichtete mir eifrig bei, »was wir dazu tun können, soll geschehen.«

An diesem Tage ging ich bedrückt aus Daniels Laden. Es war mir nicht geglückt, die Stricke der Geknechteten zu durchschneiden. Außerdem war ich sicher, daß mit meiner Uhr auf der Baustelle nichts geschehen sein konnte. Ich arbeitete zur Zeit nicht wie ein Verrückter, weil ich beständig an Frau Daniel zu denken hatte.

Eine Flaute schien in den Liebesbeziehungen zwischen mir und Frau Daniel eintreten zu wollen. Ich war ein wenig böse auf die Schöne. Weshalb in aller Welt stellte sie sich schützend vor diesen Stümper von einem Mann, dem sie die Arbeit zuschanzte? Wußte sie so wenig von sich und ihrer Schönheit, daß sie glaubte, diesem Kerl für alle Zeiten ausgeliefert zu sein? Die Eifersucht begann mein Denken zu verstopfen. Ich ging am Abend nicht nach Hause, sondern setzte mich in die kleine Kneipe, von der ich Daniels Laden im Auge behalten konnte. Ich sah, wie das Rouleau am Fenster heruntergelassen wurde. Jetzt setzt sich die angebetete Frau mit diesem Spinnenmännchen zum Abendbrot, macht ihrem Peiniger das Essen mundgerecht und würzt ihm jeden Happen mit einem liebevollen Blick, weil er das genauso verlangt wie andere alltägliche Dinge, dachte ich ingrimmig.

Gegen acht Uhr ging die Haustür neben Daniels Laden. Ein schmächtiger, ältlicher Mann mit bleichem Gesicht und trockenem Blick trat auf die Straße. Er trug einen gelben Spazierstock, hatte den Hut in der Hand und musterte in einer Schaufensterscheibe seine mit Öl durchtränkte Frisur. Ich wurde unruhig. Hier hatte ich es sicher mit diesem Pfuscher von einem Uhrmacher zu tun. Ich stellte mir Frau Daniel an seiner Seite vor. Es mußte aussehen, als ob eine Mumie mit einer Elfe gehen würde. Trost und tiefe Genugtuung machten sich in meinem Herzen breit: Meine Vermutung, daß dieser Patron seine zarte Frau allein daheim ließ und seiner Wege ging, hatte sich bestätigt. Etwas anderes konnte man nicht erwarten.

Ich war in meine Betrachtungen vertieft und hatte nicht bemerkt, daß die Frau des Wirtes sich in meiner Nähe aufhielt und ihrerseits dieses verdorrte Männchen durch das Fenster beobachtete.

Ich erschrak, als sie ihrem Mann, der an der Theke Gläser

spülte, zurief: »Du, der Bäcker von drüben geht wieder auf Tour. Warum verkehrt er nicht mehr bei uns? Er war ein guter Kunde.«

»Die Politik, die Bauarbeiter«, antwortete der Wirt mürrisch und schepperte mit den Gläsern.

Ich schüttelte über mich selber den Kopf und ging.

Über meiner Eifersucht hatte ich völlig vergessen, daß Petra auf Nachtschicht war. Es war spät, als ich unsere Paula von der Nachbarin holte. Die alte Frau hatte die Kleine bereits gefüttert und bei sich zu Bett gebracht. Ihre welken Hängebacken zitterten, als sie sagte: »Einen Kindergarten habe ich nicht, Herr Perla. Es ist nicht damit getan, daß man Kinder in die Welt setzt, wissen Sie.«

Die stachligen Worte reizten mich. Ich schluckte meinen Zorn jedoch herunter und log der alten Frau vor, daß ich Überstunden hätte machen müssen, unvermutet Überstunden, wie das heutzutage gehandhabt werde. Eigentlich, wenn ich es richtig bedachte, konnte ich es der alten Frau nicht verübeln, daß sie so redete. Schuld war allerdings nicht ich, sondern Petra, mein Weib, das sich nächtelang umhertrieb und den Ehrgeiz entwickelte, es den Männern in jeder Hinsicht gleichzutun. »Ist das ein Geschäft?« fragte ich die Alte. »Der Mann muß die Kinder hüten, das Essen kochen, die Wäsche waschen. Das gibt es nur noch bei Negerstämmen, wo die Frauen über die Männer herrschen.«

Die Rentnerin sah mich von der Seite an. Sie hielt mich sicher für betrunken. »Es geht abwärts mit der Häuslichkeit, wenn die Frau außer Hause schafft, werde ich Ihnen sagen.«

Ich nickte der Alten zu. »Wir sind fast unten angelangt«, bestätigte ich.

»Ich kenn das«, schnarrte die Frau, »mein Alter wurde Säufer dadurch. Zuletzt soff er den Schnaps aus der Flasche, wenn er herankonnte.«

Es tat mir wohl, mich bei der Rentnerin ins rechte Licht

zu rücken. Sie würde Kronzeugin für meine Leiden sein, wenn es eines Tages mit mir und Petra zum Schluß kommen sollte.

Zwei Tage vergingen. Ein leiser Reif war auf meine Liebe zu Frau Daniel gefallen. Sie schien mich nicht zu kennen. Ich war für sie wohl nur ein wandelnder Arbeitsanzug. Wenn das die Wahrheit sein sollte, so war es besser, sich die Gewißheit darüber noch eine Weile aufzusparen, denn hinter dieser Gewißheit starrte mich eine leere Welt an.

Mein Vorsatz, Frau Daniel für eine Weile zu meiden, wurde allzubald umgestoßen. Ich arbeitete immer noch mit Kelle zusammen, weil ich mit ihm eine innerliche Einheitsfront gegen Lautsprecher bildete. Am Nachmittag des zweiten Tages schaute Kelle auffallend oft auf seine Uhr.

»Es ist noch lange nicht Feierabend«, sagte ich.

»Ich warte«, sagte Kelle mit vieldeutigem Lächeln.

Es interessierte mich wenig, worauf er wartete. Er jedoch war geschwätzig. Die Mitteilungen rannen aus ihm wie aus einer Tonne, die man angezapft hat. »Ich hab eine kleine Augenliebelei.« Was in aller Welt ging mich die Liebschaft von diesem Kerl an? Er aber steuerte zielsicher darauf los, sich zu bekennen. »Ich habe etwas angefangen und mir die Wimpern ein wenig verbrannt an der, die nachmittags gegen drei stets hier langsteuert.«

»Hier steuern viele lang«, sagte ich brummig, denn ich arbeitete in der letzten Zeit wieder besser. Tags zuvor hatte Lautsprecher mir sogar freundschaftlich auf die Schulter geklopft. Er bildete sich vielleicht ein, daß ich aus Respekt vor ihm besser schaffte. Ich tat es aber einzig und allein, um mich abzulenken.

Kelle war nicht aufzuhalten. »Freilich steuern viele hier lang, aber ich meine eine bestimmte. Die kleine Halbfeine meine ich, die so tappelt wie ein Reh, die dir die Röte ins Gesicht treibt, wenn sie dir richtig in die Pupillen sieht.«

Ich wurde aufmerksam. Meinte diese Hälfte von einem ausgewachsenen Mann Frau Daniel?

»Ich mach das geschickt«, brüstete Kelle sich. »Wenn ich sie kommen sehe, gehe ich vor aufs Häuschen. Wer kann mir das verbieten?«

»Meinst du die Brünette, von der du mir abrietest?« fragte ich ahnungsvoll.

»Eben die. Bei der ist was zu machen«, prahlte Kelle. »Man muß sie nur ansprechen. Ich mach's täglich. Sie lacht, sie schüttelt sich vor Lachen. Du, die will was wissen, die verträgt was.«

Ich wußte jetzt, daß es sich um Frau Daniel handelte, und das war mehr als ein kleines Bekümmernis für mich. »Ich kenne diese Frau näher«, zischte ich Kelle an, »und ich wünsche nicht, daß du mit deiner schiefen Gusche so von ihr sprichst. Ich dächte, das hätte ich dir schon gesagt. Es handelt sich um eine schwergeprüfte Frau. Sie ist jovial, freilich, sie spricht mit jedem Klotz, aber sie ist nicht das, was du denkst. Ich wünsche nicht, daß du sie mit deinen wasserblauen Blödaugen belästigst, das werde ich dir sagen.«

»Hast du sie schon geküßt?« fragte Kelle lauernd. »Dann will ich zurücktreten, wenn du aber weiter nichts mit ihr getrieben hast als Unzucht mit den Augen, dann gehe ich jetzt 'ran.«

Es fehlte, daß sich dieser Anderthalbmetermann Frau Daniel näherte. Ich lachte geringschätzig. »Sie wird dir einen Korb geben, wie du ihn nie in deinem Leben geschleppt hast, einen Korb, in den du halbe Portion hineinkriechen kannst. Wir sind übrigens so gut wie verlobt.«

»War deine Frau nicht bei der Straßenbahn? Hast du dich von ihr scheiden lassen?« fragte Kelle und zwinkerte.

»Es steht nirgendwo geschrieben, daß ich mich mit dir über meine Familienangelegenheiten zu unterhalten habe«, erwiderte ich spitz.

In diesem Augenblick kam Frau Daniel herangetrippelt. Ich hatte mich in eine peinliche Lage hineingelogen. Kelle hörte auf zu schippen und beobachtete begierig, was sich zwischen mir und Frau Daniel, meiner Verlobten, abspielen würde. Was sollte ich tun? Ich hustete auffällig, tat, als ob ich mich verschluckt hätte, sagte zwischendurch einige laute Worte in der Hoffnung, daß Frau Daniel meine Stimme erkennen und sich mir lächelnd zuwenden würde. Nichts dergleichen geschah, obwohl ich das Husten verstärkte. Frau Daniel war bemüht, den Sandhaufen zu überqueren.

Als sie ihn bezwungen hatte, warf Kelle seine Schaufel weg und brummte: »Eine schöne Verlobte, du Aufschneider!« Er rannte vor zum Häuschen. Mir war, als müßte ich Kelle nachlaufen, ihm ein Bein stellen, ihn um jeden Preis aufhalten, da kam mir Lautsprecher zu Hilfe. Ich hätte diesen Lautsprecher umarmen mögen. Er verwickelte Kelle, der ihn fast umgerannt hätte, in ein Gespräch. Ich konnte nicht hören, worum es ging, aber Frau Daniel verschwand um die Straßenecke. Sie war vor Kelles Anpöbelungen gerettet.

Die Dinge reiften heran. Ich mußte mich Frau Daniel verständlich machen. Ich mußte ihr auch sagen, daß es unwürdig für sie sei, harmlose und unabsichtliche Worte mit diesem zotenvollen Menschen zu wechseln, den ich fast zu meinem Verbündeten erkoren hätte.

Am kommenden Mittag mußte geschehen, was ich mir vorgenommen hatte. Mit Kelle sprach ich am Vormittag kein Wort. Auf seine höhnischen Anspielungen ging ich nicht ein. Ich machte ihm nicht die Freude zu zeigen, wie sehr er meine Seele, in der der Frühling und die Liebe blühten, mit seinen Wortstacheln verletzte.

Für den Gang zu Frau Daniel setzte ich mich noch besser instand als bei meinen letzten Besuchen. Ich zog nicht nur am Mittag eine saubere Arbeitsbluse über und band auf dem Weg einen Schlips um, sondern steckte auch einen nagelneuen Zollstock in die obere Tasche der Bluse. Das sah nach meiner Meinung hinreißend und gewaltig aus. Ich mußte wirken wie ein Mann von hoher Verantwortung, dem es übertragen war, mit einem Zollstock darüber zu wachen, daß beim Schachten alles seine Richtigkeit hatte.

Ich betrat den Laden. Der Laden war leer. Ich nahm die Mütze ab und warf einen Blick in meinen Taschenspiegel, den ich gleichzeitig mit dem Zollstock gekauft hatte. Die weiße Tüllgardine an der Tür, die zu Frau Daniels Wohnung führte, bewegte sich. Ich sah die Umrisse der Angebeteten durch den Tüll schimmern und atmete tief und ausgiebig Auge in Auge mit einem gewaltigen Vorhaben ... Aber da stand ein bläßliches junges Mädchen vor mir. Es blinzelte und hatte dicke, blaurote Hände, mit denen es nach meinen Reparaturscheinen griff. Ich war so verblüfft, daß ich stotterte: »Die Mei... ich wollte ... vielleicht könnte ich die Meisterin sprechen.«

»Frau Daniel ist nicht da«, sagte das Mädchen lispelnd und suchte im Schubfach nach den Uhren. Mir wurde klar, daß ich einen Riesenverlust erlitten hatte. Hätte ich nicht zunächst nur eine von den Uhren abholen können? Hätte ich dann nicht einen Grund behalten, Frau Daniel am nächsten Tag zu sehen? Ich wurde von diesem Mädchen völlig überrumpelt. Zum Glück fiel mir Lautsprechers Uhr ein. Sie würde mir ein weiteres Treffen mit Frau Daniel verschaffen. Auf diese Weise war ich Lautsprecher an jenem Tage zum zweiten Male zu Dank verpflichtet. Wenn ich Lautsprechers Uhr abholen würde, mußte alles mit Frau Daniel geklärt werden, was zu klären war.

»Fünfzehn Mark zusammen, bitte«, sagte das Mädchen. Es blinzelte mich müde an. Was hatte ich von meiner Ausstaffierung? Der neue Zollstock leuchtete gelb auf meiner sauberen blauen Jacke – umsonst. Ich zahlte zerknirscht. An der Tür drehte ich mich noch einmal um. Das Mädchen hatte sich abgewendet. Was war das? Hinter der Scheibengardine der Tür, die zum Hinterzimmer führte, gewahrte ich die Umrisse einer Frau. Ich hätte wetten mögen, daß es Frau Daniel war. Ich starrte auf die Gestalt, sie verschwand eilig.

Meine Gedanken hatten für den Nachmittag ihre Beschäftigung. Wenn Frau Daniel wirklich im Nebenzimmer gewesen wäre, weshalb sollte sie sich verleugnen lassen? Je näher die Zeit kam, zu der Frau Daniel an unserer Baustelle vorüberzuschweben pflegte, desto öfter sah ich auf meine Uhr. Kelle tat das gleiche. Ich hätte ihn ermorden können.

Die Zeit verstrich, Frau Daniel kam nicht. Fast freute ich mich darüber, denn auf diese Weise kam Kelle nicht zum Ziel. Außerdem war es eine Rechtfertigung für Frau Daniel, nicht zu kommen. Denn was hätte ich von ihr halten sollen, wenn sich herausgestellt hätte, daß sie sich wirklich hatte verleugnen lassen?

Meine Betrachtungen wurden von Lautsprecher gestört. Er mußte schon eine Weile neben mir gestanden haben. Es war mir nicht angenehm, daß er mich beim Trödeln ertappte. Deshalb versuchte ich den ungünstigen Eindruck zu verwischen, den er von mir und meiner Arbeit erhalten haben mußte. »Ich weiß nicht, was mit mir los ist. Ich hab's heute in allen Gliedern«, sagte ich. »Es ist nicht gesagt ... vielleicht muß ich mich morgen krank melden.«

Lautsprecher lächelte vieldeutig. Er trat damit den Funken Zuneigung, den ich für ihn verspürt hatte, wieder aus. »Wäre es nicht an der Zeit, meine Uhr aus der Reparatur zu holen?« fragte Lautsprecher ruhig. »Man läuft ohne Zeitmühle umher wie ein halber Mensch.«

Dagegen war nichts einzuwenden. Mein Brigadier verwies mich sozusagen auf eine Gelegenheit, mit Frau Daniel zusammenzutreffen. Ich versprach Lautsprecher, die Uhr am nächsten Tage zurückzubringen.

Den ganzen Nachmittag behielt ich das Geschäft von Frau Daniel im Auge. Sie konnte mir nicht entschlüpfen. Es stand so gut wie fest, daß sie sich nicht im Hause befand. Gott weiß, was für eine Schwiegermutter hinter der Scheibengardine gestanden haben mochte, um das Mädchen beim Geldkassieren zu überwachen.

Hätte ich mit dieser Feststellung nicht zufrieden sein können? Ich war es nicht. Das Mißtrauen schoß in mir auf wie Unkraut. Ich ging nach Feierabend wieder in die kleine

Kneipe. Die Wirtin wälzte sich hinter dem Schenkstock hervor und brachte mir wie einem Stammgast Bier auf meinen Ausguck am Fenster. Sie versuchte, ein Gespräch mit mir zu beginnen. Es war mir lästig, mich von diesem dicken Weib in meinen Gedanken an Frau Daniel stören zu lassen.

Die Dämmerung sank herab. Die Kneipe füllte sich mit Zechern. Der Wirt wollte das Rouleau am Fenster herunterlassen. Ich bat ihn, es nicht zu tun. Er starrte mich an und tuschelte nachher mit Bekannten. Vielleicht hielt er mich für einen von der Kriminalpolizei. Es setzte sich niemand an meinen Tisch. Ich blieb unbelästigt.

Die Tür neben dem Uhrmacherladen wurde geöffnet. Das blaßdünne Mädchen trat aus dem Haus und kam eilig die Straße herunter. Es trug ein Paket in der Hand. – Nicht lange darauf klappte die Tür wieder. Frau Daniel wippte über die Schwelle, sah keck wie eine Kohlmeise in die Runde, steckte etwas in ihre Handtasche und schwebte auf die Kneipe zu. Mein Herz hämmerte. Frau Daniel hatte die Höhe meines Ausguckfensters erreicht. Sie sah mich. Oder sah sie mich nicht? Ich nickte ihr vertraulich zu. Sie nickte zurück, stutzte und ging schneller. Ich zitterte wie ein liebestoller Nachtfalter. Würde sie zu mir hereinkommen? Sie ging vorüber. Da wußte ich, daß sie sich am Mittag hatte verleugnen lassen.

Ich schalt mich einen Esel. War es nötig gewesen, so unvernünftig auf der Aussprache mit dem Meister zu bestehen? Vielleicht hatte ich sie in eine schlimme Lage getrieben, wenn ihr Mann so ein Tyrann war, wie ich vermutete. Vielleicht hätte sie der vertrocknete Grobian gezüchtigt, wenn sie ihn in seiner Ruhe gestört haben würde? Der nächste Tag mußte alles bringen. Ich mußte mich für mein ungebührliches Verhalten bei Frau Daniel entschuldigen.

Daheim erlebte ich Überraschungen. Ein neues Gesicht schien Petra zugewachsen zu sein. Nicht nur ihre Lippen waren röter als früher, auch ihre Brauenbögen waren auffallender geworden. Ihren langen Bubenkopf hatte sie zu einer

Windstoßfrisur kürzen lassen. Ich kann nicht sagen, daß sie sich dadurch verhäßlicht hatte, aber was sollte das in letzter Minute? Ich war schon meilenweit von ihr entfernt, sie aber glaubte, mich wieder erreichen zu können, wenn sie an Buntheit zunahm wie eine Mandarinenente im Frühling.

Ich stocherte im Abendbrot herum, das Petra mir aufwärmte. Wir sprachen kein Wort. Mein Blick fiel auf den Aschenbecher. Er stand auf dem Küchenschrank und war mit Zigarettenresten gefüllt. Solange ich mit Petra zusammen war, hatte ich keinmal erlebt, daß der Aschenbecher nicht spiegelblank auf dem Tisch stand, wenn ich nach Hause kam. Was sollte das? Welche Lotterwirtschaft riß in meiner Abwesenheit ein? Unauffällig ging ich an den Schrank und untersuchte die Zigarettenreste. Sie waren nicht von der Marke, die ich rauchte. Hier mußte etwas vorgegangen sein. Ich sah, daß auch Petra geraucht haben mußte. Zwei oder drei halb aufgerauchte Zigaretten trugen Spuren von Lippenstift.

Das war mehr, als ein abgemüdeter Mensch am Abend ertragen konnte. Unsereiner trug schwer an den Zerwürfnissen in seiner Familie, andere aber feierten mit weiß Gott wem Orgien in der gemeinsamen Wohnung. Wenn es nicht spät gewesen wäre, wäre ich wieder gegangen, vielleicht in ein Tanzlokal. Sollte ich mich vor Kummer über die ungeordneten Familienverhältnisse verzehren, während sich andere längst damit abgefunden und anderswo untergebracht hatten?

Auf Petras Nachttisch stand ein kleiner Strauß Vergißmeinnicht. Mit diesen auf jeder Sumpfwiese wachsenden, mehr als gewöhnlichen Blaßblumen schien sich eine alte Liebe bei ihr in Erinnerung gebracht zu haben. Vielleicht war es Polte, dieser Zwirnsfaden von einem Mann, mit dem Petra etwas gehabt hatte, bevor wir uns kennenlernten. – Ich war sicher: Petra wollte mich mit diesem aufgewärmten Verhältnis reizen, aber sie sollte sich irren, wenn sie glaubte, Eifersucht in mir erzeugen zu können. Es war spät, als ich einschlief, Petra war noch nicht ins Bett gekommen. Ich hörte sie in der Küche mit Papier rascheln. Es kam mir vor, als ob sie las. Auch das war ein ungewöhnlicher Zug an ihr, und er hing sicher mit Polte zusammen, der zu jener Zeit, als ich ihn kennenlernte, die Bücher haufenweis verschlang. Er wollte sogar studieren, so ein jämmerlicher Mann war das.

Am nächsten Morgen rasselte der Wecker zu zeitig. Petra mochte jetzt wohl schon zu nachtschlafender Stunde aus dem Hause gehen. Es kümmerte mich nicht. Auf meiner Uhr war es halb fünf.

Ich schlief wieder ein und erwachte, weil Petra mich rüttelte: »Es ist Zeit.«

»Wieso Zeit? Fünf Uhr«, knurrte ich.

»Fünf Uhr? Sieben Uhr ist es gleich, und du wirst zu spät kommen«, antwortete Petra und ging zurück in die Küche.

Ich brauchte eine Weile, bis ich gewahr wurde, daß meine Uhr erheblich nachging. Natürlich kam ich zu spät zur Arbeit. Es fiel mir nicht leicht, mich bei Lautsprecher zu entschuldigen. Er fragte mich nach seiner Uhr; es schien für ihn nichts Wichtigeres auf der Welt zu geben als seinen Taschenwecker. Er höhnte und war jeder Zoll Lautsprecher, herausfordernd und vorlaut. »Warum schaffst du die Uhr nicht zu deinem Wunderuhrmacher?« fragte er hämisch. Konnte ich sagen, daß meine Uhr bereits zum zweiten Male aus der Reparatur gekommen war?

Mein Zorn gegen den Pfuscher Daniel zerwühlte mir den Vormittag. Trotzdem wünschte ich ihn nicht zu sehen, als ich am Mittag in Frau Daniels Laden stand. Frau Daniel war an diesem Tage herzzerquälend schön. Ihr Liebreiz wuchs von Frühlingstag zu Frühlingstag. Ich hatte Zeit genug, sie zu betrachten, denn sie unterhielt sich voll damenhafter Grazie mit einer mageren Frau, die einen Wecker zurückbrachte. Es war eine lange Geschichte, die mich nicht interessierte, weil ich mich an Frau Daniel satt sehen mußte. Einmal sei der Wecker gegangen, dann aber sei er wieder nicht gegangen. Der Mann hätte dreimal verschlafen, der Sohn sogar so oft, daß man ihm die Prämie für den Monat gestrichen hätte.

Endlich ging die dürre Frau und ließ den Wecker da. Ich war mit Frau Daniel allein. »Stoßen Sie sich nicht an Menschen, die die schönsten Mittage zernörgeln«, sagte ich, um in ein Gespräch mit Frau Daniel zu kommen, das sich nicht um Uhren drehte.

»Die Kundschaft ist zuweilen schwierig«, offenbarte sich Frau Daniel, »und ...«

»Sprechen Sie nicht weiter. Es ist nicht nötig, daß Sie das Weitere aussprechen«, sagte ich. »Ich kenne Ihre Leiden. Ich bin oft genug hiergewesen und gehe in Ihrer Seele spazieren wie in einem lichten Sommergarten.«

Frau Daniel schien es nicht unlieb zu sein, so schöne Worte von einem Kunden zu hören. Sie strich über ihr Haar, als ob sie aus dem Bade käme. Das steigerte meinen Mut. Ich streckte meine Hand nach ihrer Hand aus. Es waren warme, kleine Finger, die ich da halten durfte. Frau Daniel war nicht empört, sie schien meine Handlung dieser hohen Stunde angemessen zu finden. Mir war, als ob sie meine Hand wiederdrückte. Ich versuchte, sie über den Ladentisch zu mir zu ziehen. Es gelang mühelos. Frau Daniel war weich und biegsam, wie ich erwartet hatte. Eine Frau wie sie konnte nicht anders sein. Als ich mich jedoch hastig nach vorn beugte, um mit meinem Mund den ihren zu erreichen, zeigte sich, daß der Ladentisch hinderlich war. Frau Daniel neigte ihren Kopf zur Seite, und meine Lippen streiften nur ihre linke Wange. Ich weiß noch heute, wie ihre Haut duftete und was es für mich in jenem Augenblick bedeutete, sie liebkosen zu dürfen. Frau Daniel errötete nicht, aber mir schien, sie wurde etwas verlegen. »So stürmisch gleich?« fragte sie. Es war eine Frage, die für die Zukunft alles offenließ. Ich zäumte mich. Frau Daniel hatte genug gewagt und das unter den Augen ihres Mannes, der jede Minute den Laden betreten konnte.

»Werden wir uns wiedersehen? Werden wir uns treffen?« stieß ich hervor.

»Das liegt an Ihnen«, sagte Frau Daniel abgewendet und, wie mir schien, verschämt wie ein junges Mädchen. Ich wäre über den Ladentisch gesprungen, wenn Frau Daniel das nicht durch ihre Ausgewogenheit verhindert hätte. »Sie kommen nach dieser komischen Taschenuhr?« fragte sie und suchte im Schubfach. Peinliche Sekunden vergingen, bis sie die Uhr gefunden hatte.

Ich überlegte: Vielleicht sollte ich doch weitergehen? Mir war bekannt, daß man bei gewissen Frauen nie zum Ziele kommt, wenn man ihre sanfte Abwehr ernst nimmt. Wenn die Dame Daniel zu diesen Frauen gehörte, konnte alles vorbei sein.

Frau Daniel hatte die Uhr gefunden. Sie legte sie behutsam auf den Ladentisch. Ich konnte nicht widerstehen und griff so sanft, wie es mir meine Aufregung erlaubte, nach ihrer Hand, hielt sie fest und zog die schöne Frau nochmals zu mir herüber. Diesmal wendete Frau Daniel ihren Kopf nicht. Sie ließ sich von mir küssen. Meine Lippen schienen mir geradezu auf Rosenblättern zu lagern, und der Duft von Frau Daniels Haut berauschte mich immer mehr. »Langsam, langsam doch!« bat Frau Daniel. Und sie hatte recht damit. War ich bereits so verrückt geworden, sie hier zu überfallen? Es gab Abende und stille Winkel im Friedrichshain, wo wir uns ohne Gefahr für dieses charmante Wesen treffen und Freude aneinander haben konnten. Frau Daniel schaute nach der Glastür zum Hinterzimmer. Mir schien, sie zitterte dabei. »Fünfundzwanzig Mark«, sagte sie und meinte den Preis für Lautsprechers Taschenuhr. Ich zog mechanisch meine Geldtasche und zählte die geforderte Summe auf. Diese Ernüchterung war mir willkommen. Ich weiß nicht, was noch mit uns geschehen wäre, wenn Frau Daniel mich nicht in die Wirklichkeit zurückgestoßen hätte.

Erst als ich draußen auf meine Uhr sah und feststellte,

daß sie stand, merkte ich, daß ich etwas Wichtiges vergessen hatte. Ich tröstete mich schnell. Meine Uhr? Das sollte die neue Gelegenheit sein, mich Frau Daniel zu nähern.

Mir war wohl wie einem abgewindelten Säugling. Gleich würde ich auch noch den Druck los sein, den mir Lautsprecher mit seiner kleinlichen Ungeduld nach der schäbigen Taschenuhr verursachte. Die Uhr wollte ich ihm triumphierend übergeben. Es kam nicht dazu. Lautsprecher war nicht auf der Baustelle. Er sei zu irgendeiner Sitzung gegangen, hieß es.

An diesem Abend ging ich voll Freude in die kleine Gastwirtschaft, die ich nun schon fast meine Stammkneipe nennen konnte. Ich spähte nach einem Bekannten aus. Es ist so schwer, mit einem Liebeserfolg allein zu sein. Nicht, daß ich alles von Frau Daniel erzählt haben würde, aber es hätte sich sicher die Möglichkeit ergeben, hier und da ein Wort fallenzulassen, das verraten haben würde, was für ein Draufgänger ich war. – Es kam kein Bekannter außer Kelle. Er sah mich, setzte sich an den Tisch am andern Fenster und starrte auf die Straße hinaus. In mir tat sich die Vermutung auf, daß er Frau Daniels Laden beobachtete. Sollte er schon ausgemacht haben, wo Frau Daniel wohnte? Es war so. Nach einer Weile fragte er die Wirtin, die ihm ein neues Bier brachte: »Sie kennen wohl die Uhrmacherin da drüben nicht weiter, wie?«

Die dicke Wirtin überlegte eine Weile und schüttelte den Kopf. »Näher kenn ich sie nicht. Eine flotte Person übrigens.«

Meine Eifersucht hob ihre Schnüffelnase. Ich fühlte mich angeekelt von Kelles Benehmen, aber konnte ich die Kneipe verlassen und das Feld für ihn räumen? Es konnte sein, daß Frau Daniel bald aus dem Hause kam, dann würde Kelle sich an sie heranmachen und sie belästigen. Mein Ausharren in der Kneipe bekam einen tiefen Sinn. Ich hatte Frau Daniel vor den Nachstellungen ungeschliffener Kerle, wie dieser Kelle einer war, zu schützen.

Kelle erhielt bald Gesellschaft. An meinen Tisch setzte sich niemand. Kelle beobachtete trotzdem unausgesetzt die Straße. Er machte kein Hehl aus seinem Vorhaben und erzählte den anderen an seinem Tisch, weshalb er dort saß. Vielleicht tat er es nur, um mich zu reizen. Ich trank hastig, um meine Wut herunterzuspülen. Als es dunkel wurde, kümmerte sich Kelle nicht mehr um sein Vorhaben. Frau Daniel war nicht vorbeigekommen. Er begann Karten zu spielen. Ich hatte gesiegt.

Es war spät, als ich nach Hause wankte. Daheim auf dem Küchentisch lag ein Zettel. Das Licht in der Küche verwirrte mich. Es dauerte einige Zeit, bis mir bewußt wurde, was auf dem Zettel stand. »Bin ins Kino. Wärm dir das Essen auf. Petra«, stand auf dem Papier. Ich ließ mich auf einen Stuhl fallen und überlegte. Was geschah hier? Petra ging allein ins Kino? Das hatte ich bisher nicht erlebt. Sollte das mit den Zigarettenresten vom Tag zuvor zusammenhängen? Eigentlich konnte es mir doch recht sein, daß Petra sich langsam nach einem anderen umsah. Wie die Verhältnisse mit mir und Frau Daniel standen, konnte zwischen mir und Petra jeden Tag der endgültige Trennungsstrich gezogen werden. Wie aber konnte sie unser Kind allein lassen und ihren Vergnügungen und anderen Männern nachlaufen? Ihren Mann bewirtete sie mit aufgewärmtem Essen. Das war stark von Petra, stellte ich fest. Ich nahm den Zettel wieder zur Hand und bemerkte erst jetzt, daß unter Petras Namen noch etwas geschrieben stand. »Meine Uhr geht nicht. Du mußt sie wieder zum Uhrmacher bringen.« Petras Uhr lag auf dem Küchenschrank. Sie ging nicht, die Zeiger standen auf halb sechs. Ich prüfte: Die Uhr war aufgezogen. Sicher war Petra unvorsichtig mit ihr umgegangen. Ich begann mich auszukleiden. Dabei mußte ich jedoch unausgesetzt an Petras Uhr denken. Ich zog meine Uhr aus der Tasche. Sie stand auf drei Uhr. Auch sie war noch halb aufgezogen. Schließlich fiel mir Lautsprechers Uhr ein, die noch in meiner Rocktasche stecken mußte. Ich holte sie hervor, um die beiden anderen Uhren nach ihr zu stellen. Lautsprechers Uhr stand auf acht Uhr. Auch das konnte nicht stimmen. Acht Uhr war längst vorüber. Ich bekam einen Schreck, der mich ernüchterte. Ich untersuchte Lautsprechers Taschenuhr und fand, daß sie nicht aufgezogen war. Ich holte das nach und hielt sie an mein Ohr. Sie tickte. Ich konnte befriedigt zu Bett gehen. Lautsprechers Uhr war jedenfalls in Ordnung, über die beiden anderen Uhren würde ich mit Frau Daniel freundschaftlich verhandeln können, so wie wir jetzt miteinander standen.

Obwohl ich am Morgen mit schwerem Kopf erwachte, galt mein erster Gedanke Lautsprechers Uhr. Ich mußte sie unbedingt abliefern. Ich durfte sie keineswegs daheim vergessen. Was aber mußte ich feststellen? Die Uhr ging nicht. »Hast du etwa an den Uhren geschraubt?« brüllte ich Petra an.

»Nicht im geringsten«, erwiderte sie leise.

Ich war verwundert über die Zartheit ihrer Stimme. Empfand ich sie so mild, weil wir lange nicht miteinander geredet hatten, oder redete Petra mit ihrem anderen Mann in diesem Ton und hatte sich noch nicht umgestellt? Ich klopfte an Lautsprechers Taschenuhr. Sie ging ein paar Takte lang und blieb wieder stehen.

»Meine Uhr geht auch nicht«, beliebte Petra zu bemerken. »Es muß ein sonderbarer Uhrmacher sein, mit dem du zu tun hast.«

Das war eine Frechheit von Petra, eine Anzüglichkeit.

»Beleidige nicht Leute, die du nicht kennst, bitte. Es handelt sich um einen besseren Uhrmacher als du ... denkst.« Am liebsten hätte ich Petra ihre Uhr vor die Füße geworfen. Sollte sie das Ding doch ihrem sanften Polte übergeben! Was belästigte sie mich mit ihren Angelegenheiten? Waren wir vielleicht verheiratet?

Die Zeit erlaubte mir nicht, mich mit dieser Frau auseinanderzusetzen. Es mußte etwas mit Lautsprechers Uhr geschehen. Ich setzte mich an den Küchentisch und öffnete sie. Ich stocherte mit meinem Taschenmesser in dem Gewirr von kleinen Rädern herum. Irgendwo mußte die Uhr klemmen, wenn sie so beharrlich nicht weiterging. Ich holte mir eine Nähnadel und versuchte, mit ihr zwischen den Rädchen Luft zu schaffen.

»Du wirst zu spät zur Arbeit kommen«, mahnte Petra fürsorglich.

»Kümmere du dich nicht darum, wann es mir beliebt, zur Arbeit zu gehen. Kümmert es dich, wenn ich am Abend aufgewärmtes Essen verschlingen muß?«

Petra erwiderte nichts, sie warf den Kopf in den Nacken, eine Bewegung, die ich nie bei ihr bemerkt hatte. Kein Zweifel, daß sie von jemandem gestützt wurde. Petra ließ mich, an Lautsprechers Uhr arbeitend, in Unterhosen am Küchentisch sitzen.

Eine halbe Stunde mochte ich mit der Uhr vertrödelt haben und hatte sie doch nicht von der Stelle gebracht. Wie spät es war und daß ich mindestens eine halbe Stunde Arbeit versäumen würde, sah ich auf unserem Wecker, der verläßlich ging, weil er nie in den Pfuscherfingern des Unterdrückers Daniel gewesen war.

Auf dem Weg zur Arbeitsstelle bereitete ich mich auf die Begegnung mit Lautsprecher vor. Er kam hereingeschossen, als ich mich in der Baubude umzog. »Du kommst wohl jetzt nach der Gasuhr auf Arbeit?« In dieser Bemerkung lagen zwei Möglichkeiten. Lautsprecher konnte sowohl von seiner Uhr anfangen, als mir eine Predigt über Arbeitsdisziplin halten. Ich machte ein bekümmertes Gesicht. Leidend sah ich sowieso aus, denn ich hatte vom Trinken am Abend zuvor einen Kopf wie eine Zementfigur. »Mir scheint, meine Frau ist krank«, sagte ich zu Lautsprecher.

Was ich nie erwartet hatte, trat ein. Lautsprecher wurde mitfühlend. »Was hat sie?« fragte er.

»Die Ärzte nennen es Castagnitis«, sagte ich, um der erlogenen Krankheit Gewicht zu verschaffen.

»Da weiß ich soviel wie vorher«, sagte Lautsprecher. »Die

Krankheiten haben auch einen deutschen Namen. Hat es mit dem Unterleib zu tun?«

»Nicht direkt, es ist wohl mehr eine Sache der Nieren, ja, die Nieren sind es mehr.«

»Schmerzhaft, schmerzhaft«, versicherte Lautsprecher und packte sich bei der Nierengegend. »Ich hatte Nierengrieß.«

»Schmerzen hat sie«, sagte ich und schaute zu Boden.

»An deiner Stelle wäre ich daheim geblieben«, warf Lautsprecher mir vor, »und hätte sie ins Krankenhaus geschafft. – Sie sah übrigens schlecht aus die letzte Zeit. Sag ihr, daß sie auf keinen Fall heute abend kommt, wie wir verabredet haben.«

Lautsprecher ließ mich mit meiner Überraschung allein. Wie war Lautsprecher, dieser Kerl mit einem Betonring um die Brust, an Petra gekommen? Vielleicht war Petra verheirateter mit ihm als ich mit Frau Daniel, ich aber bildete mir ein, daß der Zusammenbruch unserer Ehe für Petra eine große Überraschung bedeuten würde. Es fiel mir jener Abend ein, an dem ich daheim einen gewissen Aschenbecher mit Zigarettenresten vorgefunden hatte; die geschminkte Petra und alle Veränderungen, die mit ihr vorgegangen waren, kamen mir in den Sinn. Sollte Lautsprecher schon so weit mit Petra gekommen sein, daß er sie in unserer gemeinsamen Wohnung besuchte?

Über diesen Gedanken vergaß ich fast, in der Mittagsstunde zu Frau Daniel zu gehen, obwohl davon alles für mich abhing.

In Frau Daniels Laden traf ich wieder jenes häßliche junge Mädchen. Ich bestand darauf, mit dem Meister verhandeln zu dürfen. Das Mädchen ging nach hinten. Ich bereitete mich auf eine Begegnung mit dem teuflischen Daniel vor, legte meine Uhr auf den Ladentisch, Lautsprechers Taschenuhr daneben und bemerkte, daß ich Petras Uhr daheim gelassen hatte. Eines der Beweisstücke fehlte mir. Die Tür zur Hinterstube klappte. Ich atmete erregt. Jetzt konnte das Donnerwetter beginnen. Es konnte nicht beginnen. Das Mädchen kam zurück und erklärte, der Meister sei verreist.

»Haben Sie das nicht gewußt, bevor Sie nach hinten gingen?« brüllte ich. Das farblose Ding stand da wie eine Henne beim Gewitter und antwortete nicht. Ich raffte meine Uhren vom Tisch. »Und Frau Daniel? Ist sie auch verreist?«

Das Mädchen blinzelte heftiger. »Es ist niemand im Hause.«

Das reichte für den Nachmittag. Waren Frau Daniel plötzlich Bedenken gekommen? Wollte sie unsere zarte Liebe zerbrechen?

Frau Daniel kam an diesem Nachmittag nicht wie üblich an der Baustelle vorüber. Ich tröstete mich mit dem Gedanken, daß ihr Peiniger vielleicht etwas von den Vorgängen am Vortage beobachtet hatte. Gewiß hatte er die kleine Frau in eine dunkle Abstellkammer gesperrt und ließ sie auf diese Weise unsere Küsse bezahlen.

Ich wurde von Lautsprecher aus meinen Gedanken gescheucht. Er kam kurz vor Feierabend mit einem Blumenstrauß zu mir. »Für deine Frau«, sagte er. »Und gute Besserung wünsch ich. Wenn's schlimmer wird, schaffst du sie ins Krankenhaus, hörst du?«

»Ich höre.«

»Wenn's möglich ist, denk an meine Uhr oder gib mir den Reparaturschein, damit ich sie selber abholen kann.«

Was war zu machen? Was sollte ich sagen? »Die Uhr ist fertig«, stotterte ich. »Du kannst dir vorstellen, daß ich sie durch die Krankheit meiner Frau daheim vergaß.«

Lautsprecher zeigte Verständnis für meine Lage und gab mir Ratschläge, was mit Petra geschehen solle, falls sich ihr Zustand verschlimmern würde. Er drückte mir sogar die Hand.

Lügen, Lügen, wie ein Drahtzaun so dick, mir war nicht wohl. Am liebsten hätte ich mich einige Tage krank geworfen, um das, was ich mir eingesuppt hatte, nicht auslöffeln zu müssen. Durfte ich das aber? Konnte es Lautsprecher nicht einfallen, nach seiner Geliebten Petra zu sehen und bei dieser Gelegenheit nach seiner Uhr zu fragen?

Ich setzte mich daheim an den Küchentisch und nahm mir Lautsprechers Uhr vor. Ich schüttelte sie, half mit einer Nähnadel nach, wenn sie stehenzubleiben drohte, und kam dabei ins Schwitzen. Petra störte mich nicht. Sie ging auf Zehenspitzen in der Küche umher. Vielleicht fürchtete sie, daß ich weglaufen würde, wenn sie mich bei meinem verbissenen Tun hinderte. Sie war wahrscheinlich froh, daß ich eine Beschäftigung gefunden hatte, die mich daheim hielt. Sie deckte nur die eine Hälfte des Küchentisches zum Abendbrot. Die kleine Paula fütterte sie nebenbei ab.

Nachdem wir schweigend gegessen hatten, brachte Petra die Kleine zu Bett und begann sich zum Ausgang fertig zu machen. Das heißt, ich bemerkte das zunächst nicht, denn sie putzte sich im Schlafzimmer auf. Ich wurde erst gewahr, was sie vorhatte, als sie wieder in die Küche trat. Sie hatte ein neues weißes Jäckchen aus grober Wolle an, das sie fast zart erscheinen ließ. Ihre Lippen leuchteten, und ich konnte mir vorstellen, daß ein anderer Mann Appetit bekommen mußte, sie zu küssen.

Ich durfte Petra keinesfalls ausgehen lassen. Sie würde Lautsprecher treffen, und ihre erschwindelte Krankheit würde aufkommen. Lautsprechers Blumenstrauß hatte ich auf dem Heimweg in einem Streusandkasten verschwinden lassen. Konnte ich mit Blumen nach Hause kommen? Konnte ich Petra sagen, daß ich sie krank geschrieben hatte?

Petra nahm den Schlüssel vom Wandbrett. Sie hatte vor, spät nach Hause zu kommen, das sah ich.

»Petra«, sagte ich heiser, als sie bei der Tür stand und wartete, ob ich ihr nicht wenigstens zunicken würde. »Petra, vielleicht könntest du heute daheim bleiben!«

»Willst du nicht, daß ich weggehe?« Petra fragte es freudig.

Ich schwieg bedeutsam, faßte mich an den Kopf und stöhnte. Vielleicht täuschte ich nicht einmal. In meinem Kopf tat sich allerlei.

»Ist dir nicht gut, Paul?« fragte Petra. Sie hängte den Türschlüssel zurück. »Ich könnte dir leicht etwas Tee kochen.« Ich nickte. Petra machte sich an die Arbeit. Das tagelange Schweigen schien gebrochen zu sein. »Es ist nicht nötig, daß ich gehe, wenn du dich nicht wohl fühlst. Es läßt sich alles regeln, wenn du so lieb sein willst, mich morgen bei deinem Arbeitskollegen zu entschuldigen.«

»Arbeitskollegen?«

»Es handelt sich um deinen Brigadier, glaub ich.«

»Lautsprecher?«

»Nennt ihr ihn so? Er spricht grob, aber gut ist er.«

»Gut«, zischte ich. Die Rädchen der Uhr tanzten vor meinen Augen. Am liebsten hätte ich die vorsintflutliche Uhr meines Nebenbuhlers an die Wand geworfen. Lautsprecher hatte sich in meiner Abwesenheit an Petra herangemacht! Vielleicht hatte er sie öfter geküßt, als ich Frau Daniel geküßt hatte. Allenthalben wurde man betrogen. Uhrräder, Küsse, Lautsprecher, Petra mischten sich in meiner Wut untereinander. Ich hatte nicht mehr nötig, Petra eine Krankheit vorzuspielen. Ich wurde im gleichen Augenblick krank, richtig krank. Ich ächzte und stöhnte, riß mir die Kleider vom Leibe und suchte mein Bett auf.

Petra brachte den Tee. »Ich will nicht zuviel sagen, aber die Krankheit steckt schon lange in dir«, bemerkte sie. Ich antwortete nicht, knirschte nur mit den Zähnen.

Wie sollte der nächste Tag herumgebracht werden? Ich mußte Zeit gewinnen, Lautsprechers Uhr in Ordnung bringen zu lassen, und ich mußte den Pfuscher und Unterdrücker Daniel stellen. Ein richtiger Plan mußte für den nächsten Tag ausgedacht werden. Indessen lag Petra wach neben mir und beobachtete mich. Wenn ich stöhnte, richtete sie sich hilfsbereit auf. »Sollte man nicht den Arzt holen?« fragte sie sorglich.

Meine Antwort war: Ich wälzte mich wütend auf die andere Seite. Selbst, wenn das mit Lautsprechers Uhr in die Reihe gebracht sein würde, würde sich plötzlich herausstellen, daß Petra nicht mehr meine Frau war. Die Aufregungen würden erst beginnen. Irgendwann muß ich eingeschlafen sein.

Ich stand am nächsten Morgen später als sonst an Arbeitstagen auf. Ich sei nun entschlossen, zum Arzt zu gehen und etwas gegen mein Leiden zu tun, teilte ich Petra stockend mit.

Petra machte ein bekümmertes Gesicht. »Du kannst mich also nicht für gestern bei deinem Brigadier entschuldigen?«

Das war die Höhe! Das Weib tat so, als ob es mich bemitleidete, und hatte die ganze Zeit nichts im Kopf als seinen Lautsprecher.

»Ich gehe auf die Arbeitsstelle, hinschleppen werde ich mich, auf allen vieren werde ich hinkriechen, damit ich deinem Lautsprecher sagen kann, weshalb du gestern nicht kamst. Er wird mir wieder einen Blumenstrauß mitschicken, aber ich werde ihn an ein Bierkutscherpferd verfüttern, damit du es weißt.«

Petra betrachtete mich aufmerksam und mitleidig. Sie schien zu glauben, daß dieser Ausbruch zu meiner Krankheit gehörte.

Ich ging natürlich nicht zum Arzt. Ich ging auf Umwegen mit Lautsprechers Uhr zu Frau Daniel. Wie lange sollte ich die Uhr meines Nebenbuhlers noch umherschleppen? Sollte ich mich ein drittes oder viertes Mal von ihm mahnen und tadeln lassen?

Wieder war Frau Daniel nicht im Laden. Das häßliche Mädchen fragte nach meinen Wünschen. »Ich will nichts weiter als diesen vermanschten Meister sprechen«, schimpfte ich.

»Und ich habe Ihnen nichts anderes zu sagen als gestern: Der Meister ist verreist«, antwortete das Mädchen schnippisch.

»Aber heute werde ich so lange hier stehen und warten, bis er aus seiner Werkstatt kommt, in die er verreist ist«, kündigte ich an. Ich hatte genau gesehen, daß sich jemand hinter der Scheibengardine im Wohnzimmer befand. Ich warf meine drei Uhren auf den Ladentisch und fuhr das Mädchen an: »Wollen Sie mir weismachen, daß sich im Nebenraum niemand befindet? Ich sehe die Umrisse einer Person.«

Jetzt mußte ich diesen Daniel herausgefordert haben. Ich wollte ihn endlich von Angesicht zu Angesicht sehen. Wenn es not tat, würde ich in die Hinterstube eindringen und Frau Daniel aus ihrer Gefangenschaft befreien, denn daß Daniel sie wegen unserer Küsse gefangenhielt, schien mir klar. – Das Mädchen zögerte, aber da tat sich die Verbindungstür auf, und vor mir stand Frau Daniel. Frau Daniel in einem lila Samtkleid, schön wie der junge Tag, mit einem Gesicht, das nach Küssen schrie.

»Die Person bin ich«, sagte Frau Daniel. Sie hatte funkelnde Katzenaugen dabei. »Sie haben Glück, daß Sie mich noch treffen. Ich hätte ebensogut schon unterwegs sein können.«

Das war mehr als drei Pfund schwer für mich. Das Erscheinen von Frau Daniel war ein Schuß Öl auf die Wogen meiner Wut. Ich stampfte verlegen mit dem Fuß und beleckte meine Lippen.

»Handelt es sich um die Uhren?« fragte Frau Daniel jetzt sanfter. Sie nahm Lautsprechers Taschenuhr, öffnete sie, setzte dieses unmögliche Fernrohr auf, besah das Innere der Uhr und brach in Gelächter aus: »Was Uhren sich alles gefallen lassen müssen, wenn man in eine Uhrmacherin verliebt ist!«

Das kam unerwartet. Ich hätte in diesem Augenblick etwas Hinreißendes zu Frau Daniel gesagt, aber das häßliche Mädchen belauerte mich. Sicher war es von Daniel zur Aufpasserin über seine Frau bestellt.

»Wenn Sie das nächste Mal mutwillig eine Uhr entzweimachen, muß ich Sie bitten, die Nähnadel, mit der Sie solche Verwüstungen anrichten, aus dem Gehäuse zu nehmen.«

Ich mußte des Mädchens wegen geschäftlich bleiben und holte zu einer langen Rede aus: »Es mag sein, liebe Frau Daniel«, sagte ich, »daß Sie im Uhrgehäuse eine Nähnadel entdeckt haben. Vielleicht haben Sie sogar zwei Nadeln darin gefunden, aber es ist nicht meine Schuld, wenn Sie solche Entdeckungen machen müssen. Die Tatsache ist, daß die Uhr nicht ging, ich mußte sie abliefern an einen befreundeten hochgestellten Kollegen, und sie ging nicht. Der Kollege wartete auf seine Uhr, Sie werden meine Lage verstehen.«

Frau Daniel lächelte und zwinkerte mir zu: »Ich verstehe.«

Ich ereiferte mich: »Ich werde Ihnen etwas sagen, liebste Frau Daniel, und es ist mir gleich, ob dieses Mädchen sofort nach hinten geht und Bericht erstattet, es ist mir alles gleich, wissen Sie.«

Frau Daniel und das Mädchen schauten sich an. Ich begann zu zittern. Die letzten Tage hatten meine Nerven geschwächt. Ich war nicht mehr der Mann, den nichts aus der Ruhe bringen konnte. »Sie sind rein und sanft wie ein Engel, Frau Daniel« – meine Stimme wurde brüchig vor Erregung –, »doch Sie werden mißbraucht«, sagte ich. »Dieser Mann macht Sie mit seiner Pfuscharbeit zu einem Gespött der Menschheit. Ich weiß, daß er Sie eingesperrt hat, weil ich Sie geküßt habe.«

Frau Daniel gab dem Mädchen einen Wink. Das Mädchen ging nach hinten. Ich rief ihm nach: »Sie tückische Person, Sie haben noch nicht alles gehört, was Sie hinten berichten müssen! Er ist nicht nur ein Pfuscher, er ist ein Betrüger, ein Gewalttäter und Frauenschänder und alles miteinander. Das können Sie berichten.«

Das Mädchen prustete, als es die Tür hinter sich zuwarf. Ich sah Frau Daniel an. Sie war ernst geworden. »Nun ist es genug, Mann«, sagte sie. »Sie benehmen sich wie ein Halbwilder. Ich habe ein ehrliches Geschäft. Sie aber wirtschaften mit Nähnadeln, vielleicht sogar mit Nägeln in Uhren herum und verlangen, daß sie dann noch gehen sollen. Ihr Glück ist, daß außer meinem Mädchen niemand gehört hat, was Sie an Beleidigungen über mich und meine Firme ausgestoßen haben, sonst würde ich Sie wahrhaftig wegen Geschäftsschädigung und Verbreitung bösen Leumunds verklagen.«

Mir war, als ob ich von einem heißen Hausdach in einen Eiskeller stürzte. »Es mag sein, liebste Frau Daniel«, stotterte ich, »daß ich hier dies und das gesagt habe, was sich nicht schickt, Ihnen gegenüber nicht schickt.« Ich griff nach Frau Daniels Hand. Sie entzog sie mir mit einem Ruck und bekam starre Augen. »Lassen Sie die Unverschämtheiten. Ich bin kein Freiwild für Sie.«

In meinem Kopfe drehte sich alles. Müdigkeit überfiel mich wie nach einer schweren Arbeit. Ich flüsterte: »Ich weiß, ich weiß alles, herrliche Frau Daniel. Natürlich müssen Sie so reden.« Ich steckte verwirrt alle drei Uhren in meine Taschen zurück. »Ich weiß, daß wir beobachtet werden, aber Sie sollten den Mut finden, sich mit mir an einem Ort zu treffen, den wir gleich ausmachen könnten.«

Frau Daniel schnippte gleichgültig ein Fädchen vom Ärmel ihres Samtkleides. »Ich weiß«, begann ich wieder, »hier wird das kleinste Wort von Ihnen bewacht, aber vielleicht könnten Sie mir schreiben. Schreiben Sie mir, wo ich Sie am Nachmittag erwarten soll, wenn Sie ausgehen, unbelästigt und unbeobachtet ausgehen.«

»Mein Herr!« Frau Daniel tat empört.

Ich zwinkerte ihr zu. Ich flüsterte: »Ich werde Sie befreien. Sie müssen nur wollen, ein kleines bißchen wollen.«

Es wurde an die Verbindungstür geklopft. »Gehen Sie, wenn ich Sie nicht polizeilich hinauswerfen lassen soll!«

Da stand ich, und die Worte verkeilten sich in meiner Kehle. Frau Daniel öffnete die Tür zum Nebenraum um einen Spalt und sagte kalt: »Ruf die Polizei an!«

Ich wankte aus dem Laden. In der Tür drehte ich mich noch einmal um und schrie: »Und ich werde Ihnen helfen, von diesem Unterdrücker loszukommen, darauf können Sie sich verlassen!«

Ein schrilles Lachen war die Antwort aus dem Laden. Es war das Lachen der Dame Daniel, und mir schien, es war ein erkünsteltes Lachen.

So standen die Dinge nun: Frau Daniel hatte mich, obwohl ich drei nicht gehende Uhren als Beweis umherschleppte, aus dem Laden verwiesen, in dem ich mein Recht als Kunde suchte. Frau Daniel? Ich war überzeugt, daß ihr niederträchtiger Mann von der Hinterstube aus alles veranlaßt und geleitet hatte, was geschehen war.

Der halbe Vormittag war vergangen. Auf die Baustelle konnte ich nicht. Es schien mir sogar nötig, diese Straße eilig zu verlassen. Am Ende fiel es dem verrückten Daniel noch ein, mir wirklich die Polizei nachzuhetzen. Das würde neue Scherereien ergeben.

Ich stapfte wie ein alter, enttäuschter Mann durch die Stalinallee. Was für einen Eindruck hätte es auf Frau Daniel machen müssen, wenn ich ihr bei einer unserer ersten Begegnungen hätte sagen können, daß ich in einem dieser Schlösser wohnte!

Gegen Mittag saß ich, der ich eigentlich hätte arbeiten müssen, neben den Sonne sammelnden Rentnern auf einer Bank in Alt-Friedrichsfelde. Die klebrigen Kastanienkerzen glitzerten, und die Meisen überließen ihre Lieder dem Lauwind. Allmählich wurde es ruhiger in mir. Woher kam mir plötzlich der Mut zu dem Entschluß, die Polizei auf Daniel aufmerksam zu machen?

Als ich vor der hölzernen Barriere auf dem Volkspolizeirevier stand, schien mir mein Aufwand wieder lächerlich. Sollte man wegen einiger verpfuschter Uhren die Volkspolizei belästigen? Ein junger Volkspolizist fragte mich nach meinen Wünschen. Einen Augenblick überlegte ich, ob ich nicht nach einem Straßennamen fragen und so tun sollte, als ob ich mich in unserem Stadtteil nicht auskennen würde. Dann aber kam mir der Gedanke, daß Daniel schon hiergewesen sein könnte und daß die Volkspolizei vielleicht schon wegen Geschäftsschädigung nach mir fahndete. Ich holte meine Uhren aus der Tasche und fragte: »Was muß man machen, wenn eine Uhr nicht geht, obwohl sie repariert wurde?« Der junge Volkspolizist verstand nicht gleich. Ich erklärte ihm ein Bruchteil von dem, was mir mit den Uhren geschehen war. »Ich muß gestehen: Eine vornehme Frau, die mich bediente, es ist nicht gesagt, er schurigelt vielleicht auch seine Frau, sicher tut er das.«

Der Volkspolizist überlegte: »Sie sind der Meinung, daß Sie einem Betrüger zum Opfer gefallen sind?«

»Betrüger möchte ich nicht sagen«, antwortete ich, denn ich war darauf bedacht, keinen Makel auf Frau Daniel fallen zu lassen. Mir wurde bewußt, daß sie sich der Mithilfe schuldig gemacht hatte, wenn ihr Mann ein Betrüger war. »Es handelt sich mehr um schlechte Arbeit, um Pfusch, um es richtig zu sagen.«

Der junge Volkspolizist ging in ein Nebenzimmer. Mir wurde ungemütlich. Wenn Daniel bereits hiergewesen war und die Polizei von meinem Auftreten in seinem Laden verständigt hatte, ging der Volkspolizist sich vielleicht beraten, ob ich sofort zu verhaften sei. Ich schickte mich an, das Zimmer eilig zu verlassen; als ich mich jedoch rührte, sah ein älterer Volkspolizist von seiner Schreibarbeit auf. Er hatte sicher den Auftrag, mich zu beobachten und einen Fluchtversuch zu vereiteln. Sollte ich es zu einer Schießerei kommen lassen, wo ich im Recht war? Scherereien über Scherereien konnten entstehen. Ich atmete auf, als der junge Volkspolizist von nebenan kam, ohne Handfesseln mitgebracht zu haben. Sie werden lachen, daß ich so etwas dachte, aber vor einem Jahr wußte ich wirklich nicht mehr von unserer Volkspolizei.

Es stellte sich heraus, daß sich der junge Volkspolizist

nur erkundigt hatte, wo ich meine Beschwerde über den unfähigen Uhrmacher anzubringen hatte. Ich sollte zum Rat des Bezirkes, zur Abteilung Gewerbeaufsicht gehen.

Als ich wieder auf der Straße war, überlegte ich, ob ich weiter nach meinem Recht suchen sollte. Das würde offenbar mit viel Umständen verbunden sein. Ein älterer Mann mit gelblichem Geizgesicht, dem ich anscheinend im Wege stand, stieß mich zur Seite. Zorn schoß in mir auf. So etwa mußte der Pfuscher Daniel aussehen! Die Wut auf ihn und seinesgleichen brachte mich dazu, den Weg zum Rat des Bezirkes zu machen. Wer vertritt den kleinen Mann, wenn ihm Unrecht widerfährt? An einer Stelle mußte man schließlich Recht erhalten! Sie werden staunen: Ich dachte das erste Mal über Recht und Unrecht nach.

Am Eingang zur Bezirksverwaltung forschte mich ein pflichtbesessener Pförtner aus. Er erinnerte mich an meinen Rechenlehrer, und ich begann sofort am Sinn meiner Rechtssuche zu zweifeln. Widerstrebend deutete ich meine Uhrengeschichte an.

Der Alte beugte sich aus dem Fenster. »Gegen solche Hunde muß man vorgehen. Ich hab meine Uhr in der Knantestraße in Reparatur gehabt. Denken Sie, die geht? Sie geht nur, wenn ich alle zwei Stunden daran klopfe. Denkt man dauernd daran, seine Uhr anzutreiben?« Er zeigte auf die Uhr am Pförtnerhaus. »Hinge die nicht da, wer weiß, wie oft ich schon zu spät Feierabend gemacht hätte. Solche Hunde sind das und nennen sich Uhrmacher.«

Bei dem Pfuscher in der Knantestraße mußte es sich um meinen Feind Daniel handeln. »Sind Sie von einer zierlichen, hübschen Frau bedient worden?« fragte ich.

»Ob zierlich oder nicht, sie bescheißen alle«, murrte der Pförtner und zupfte an seinem Bart. »Mein Schwiegersohn hat das für mich besorgt, aber denken Sie, der Kerl war dazu zu bewegen, daß er die Uhr zurückbrachte?«

Die Leute hinter mir begannen zu murren. Ich machte die ganze Welt verrückt mit meiner Uhrengeschichte!

»Jetzt wollen Sie zur Gewerbeaufsicht?« fragte der Pförtner gelassen. »Gehen Sie Zimmer dreiundvierzig im zweiten Stock, die werden diesem Uhrenschuster schon einheizen.«

Ich mußte im Flur auf einer Bank, die mir vorkam wie eine Anklagebank, lange warten, ehe ich bei der Abteilung Gewerbeaufsicht an die Reihe kam. Männer mit Schlips und Kragen besaßen mit mir die Bank. Auch eine Dame war unter ihnen. Sie klappte ab und zu ihre Handtasche auf, nahm Schriftstücke heraus, las darin und steckte sie wieder in die Tasche zurück. »Sind Sie auch wegen Ihrer Uhr hier?« fragte ich den Mann, der neben mir saß.

»Was heißt Uhr?« sagte der Mann verdrossen und zog seinen Schlipsknoten zurecht. »Ich soll angeblich keinen Spucknapf in der Backstube gehabt haben, wo sie überprüften. Kann ich dafür, wenn mein neuer Lehrling so ein Dummser ist und den Napf zum Auswaschen in die Küche trägt? Das werde ich Ihnen sagen, ein Spucknapf muß bei denen dreckig sein; sobald er sauber ist, erkennen sie ihn nicht an. Sie sagen, er wäre im Augenblick, wo sie die Backstube betraten, hingestellt worden. Jetzt soll ich Strafe zahlen.«

Auf diese Weise verging die Zeit. Ein Arbeitstag war verloren. Was hatte ich von meinem Dickkopf? Nichts als Verluste. Meine Wut auf den Pfuscher Daniel nahm noch zu.

Bei der Gewerbeaufsicht wurde über meinen Fall nicht verhandelt. Man ließ ihn sich erzählen und schickte mich weiter zur Handwerkskammer. »Dort läßt man nur dienstags und freitags vor«, wurde mir mitgeteilt. Es war Mittwoch. Hatten diese Menschen kein Verständnis dafür, daß man in meinem Falle eine Ausnahme machen mußte? Ich konnte keinen zweiten Tag für eine Sache versäumen, bei der, wie es aussah, wahrscheinlich nichts herauskommen würde. Hatten diese Menschen es nicht eilig, Pfuschern wie dem Daniel das Handwerk zu legen?

Zögernd ging ich zum Büro der Handwerkskammer. Sollte man nicht eine Ausnahme in meinem dringenden Fall machen? In den Zeitungen stand oft genug, daß keine Arbeitszeit vertan werden sollte.

Die Handwerkskammer war geschlossen. Durch das Fenster konnte ich sehen, daß ein Mann und ein Mädchen im Büro Kaffee tranken. Das regte mich auf. Ich klopfte. Der Mann kam widerwillig zum Fenster und riß es auf. Ich erzählte, so schnell ich konnte, meinen Fall mit dem Pfuscher Daniel.

Der Mann hörte mit geneigtem Kopf zu und kaute dabei. Als ich fertig war, sagte er gleichgültig: »Müssen Sie schriftlich einreichen. Freitag wiederkommen.« Er schlug das Fenster zu.

Ich war so weit wie zuvor. Sollte ich nach Hause gehen und eine Akte über Frau Daniel verfassen? Meine Liebesgeschichte mit Frau Daniel sollte zwischen zwei Pappdeckel geklemmt werden? Vielleicht, so überlegte ich, hätte ich den Mann am Fenster ohrfeigen sollen, dann hätte er sicher Zeit gefunden, eine Akte anzufertigen, doch hätte meine Uhrengeschichte darin wohl die geringste Rolle gespielt. Ich steigerte mich in blinde Wut, aber ein sechster Sinn mußte in mir tätig sein, der mich zielstrebig nach Hause brachte.

Unsere Wohnung schien mir wie ausgestorben. Um die Stille aus der Küche zu scheuchen, schaltete ich das Radio ein. Auf dem Küchentisch lag ein Zettel. Es war ein Blatt aus einem Notizbuch. Ich las den Zettel, weil ich glaubte, Petra habe etwas für mich aufgeschrieben. Sie hatte nichts für mich aufgeschrieben. Der Zettel war für Petra bestimmt und stammte von Lautsprecher: »Liebe Petra! Für den Fall, daß du inzwischen wieder gesund bist, teile ich dir mit, daß wir uns am kommenden Freitag an der Ecke Karthausstraße treffen. Bullert.« Lautsprecher hatte mit seinem Familiennamen unterschrieben.

Das war eine feine Sache für den Fall, daß meine Beziehungen zu Frau Daniel in ein Verhältnis ausarten sollten! Ich hatte ein Beweisstück für Petras Untreue gefunden. Als ich den Zettel zu mir gesteckt und ein wenig über die Sache nachgedacht hatte, fiel mir auf, daß ich in den letzten Tagen kaum mit dem Gedanken gespielt hatte, mich von Petra scheiden zu lassen. Jetzt, wo sie mir ein Kerl wie Lautsprecher rauben wollte, hatte ich noch weniger Lust dazu. Ich saß in einer schönen Nagelkiste! »... und wir gehn Hand in Hand durch das blühende Land, wenn im Sommer die Kornblumen blühen ...«, sang eine weichliche Weibsperson im Rundfunk. Ich hieb mit der Faust auf unsere Küchenorgel. »... komm ich wieder, komm ich wieder ...«, sang die Frau gerade. Noch ein Fausthieb. Die Stimme kam nicht wieder. Ich verließ die Wohnung.

Ich wankte durch die Straßen unseres Viertels. In meinem Kopfe summten die Gedanken wie ein Mückenschwarm. Ich muß wie ein Betrunkener geschwankt haben, denn für einen Betrunkenen hielt mich Schönwitz, mein alter Brigadier. Er packte mich von hinten am Rockschoß und hänselte: »Kaum Feierabend und schon schwer geladen!« Ich empfand es als Roheit, daß mich jemand beim Wiederkäuen meiner Gedanken störte. Um ein Haar hätte ich Schönwitz die Ohrfeige hingehauen, die für den Mann auf der Handwerkskammer bestimmt gewesen war. Schönwitz merkte, daß mit mir etwas nicht stimmte. Er entschuldigte sich für den Überfall und zerrte mich, ehe ich's verhindern konnte, in eine Gastwirtschaft, bestellte Bier, setzte sein strahlendstes Gesicht auf und begann mit lustigen Erinnerungen aus unserer gemeinsamen Zeit meinen Schweigepanzer zu zerschrämmen. Nach einer Weile überrumpelte er mich: »Was ist mit dir? Was für ein Sauertopf bist du geworden? Lautsprecher hat mir erzählt, daß du seit einigen Wochen ungenießbar bist.«

Das war zuviel für mich! Ich griff nach dem Zettel in meiner Rocktasche. Einen Augenblick überlegte ich noch, dann knallte ich das Papier auf den Tisch. »Der hat es nötig, sich über mich zu beschweren. Sieh dir an, was für ein Hintergeher er ist!«

Schönwitz blinzelte hilflos das Papierchen an. Sein freundliches Gesicht wurde düster. »Ohne Brille kann ich das nicht lesen.«

Sollte ich etwa meine Schande wortwörtlich zum besten geben und vorlesen? »Er haut sozusagen mit meiner Frau ab«, sagte ich summarisch.

Schönwitz lachte. »Ein anonymer Brief, und du gibst was drauf?«

Es ärgerte mich, daß Schönwitz zu Bullert zu halten schien. Mein alter Brigadier sollte erfahren, was für Freunde er hatte. Ich las den Brief leise vor.

»Ein Vollidiot, ein Vollidiot«, murmelte Schönwitz, »unterschreibt mit vollem Namen.«

»Wenn er nicht unterschrieben hätte, würdest du alles in Ordnung finden?« fragte ich aufgebracht.

Schönwitz schüttelte den Kopf. Er bestellte zwei Schnäpse und trank mir zu. »Nach meiner Meinung hättest du längst Aktivist sein müssen.«

Jetzt bestellte ich zwei Schnäpse. Wir stießen an. »Das waren Zeiten, als du noch mein Brigadier warst«, sagte ich.

Schönwitz ließ zwei Schnäpse kommen. Wir stießen wieder an. »Nimm dir das nicht zu Herzen. Ein Kerl wie du bekommt täglich eine andere.«

Zwei neue Schnäpse. Neuer Zutrunk. Der Schnaps wirkte, Heiterkeit kitzelte mich:

»Unsereiner ist auch nicht auf den Kopf gefallen«, sagte ich und begann von Frau Daniel zu erzählen. Ich wurde sogar lustig. Natürlich übertrieb ich, denn ich wollte vor meinem alten Brigadier nicht wie ein Hahnrei dasitzen. Ich entwarf ein Bild von meinem Liebesverhältnis, daß Schönwitz glauben mußte, ich ginge in Frau Daniels Schlafzimmer aus und ein. Ich beschrieb gerade Frau Daniels wunderbare Haut, als Schönwitz sagte: »Halt! Mir ist etwas aufgefallen.«

»Was ist dir aufgefallen, Orge, was ist dir aufgefallen?« Meine Zunge wurde immer lockerer. »Ist dir aufgefallen, daß sie kein Nachthemd trägt? Nein, sie trägt kein Nachthemd. Sie trägt einen seidenen Schlafanzug.«

»Das ist sowieso nichts für dich, kann niemals was für dich sein«, erwiderte Schönwitz. »Sie belustigt sich eine Weile mit dir, dann läßt sie dich laufen. Mir ist etwas anderes aufgefallen, etwas ganz anderes. Wer hat angefangen?«

»Natürlich hab ich angefangen«, brüstete ich mich. »Sehe ich vielleicht aus wie einer, der nicht anfangen kann?«

»Ich meine jetzt nicht die Sache mit der Geschäftsmannshure. Wer wurde zuerst untreu, du oder deine Frau? Hast du Lautsprecher schon in deinem Schlafzimmer angetroffen?«

Zuerst wollte ich aufbrausen, weil Schönwitz Frau Daniel mit einem Titel belege hatte, den ich nicht auf ihr sitzenlassen konnte. »Ich möchte doch bitten«, sagte ich formvoll, »du titulierst da eine Frau, die du nicht kennst, recht ungünstig.«

»Laß, du kennst mich. Vielleicht ist sie wirklich ein Bettengel. Wenn du mich verrückt machst, geh ich gleich und seh sie mir an, dann stell ich dir ein Attest aus; aber wie mir scheint, bist du zuerst aus dem Ehenest geklettert. Wenn deine Frau später auf Bullert gestoßen ist, wer kann ihr das verübeln? Außerdem ist sie da in guten Händen.« Natürlich mußte er Lautsprecher wieder herausstreichen.

»Es ist mir gleich, wer angefangen hat oder nicht«, sagte ich, »hier liegt der Zettel, sozusagen ein geschriebener Beweis, ein Dokument und alles miteinander.«

»Mit dem Bullert red ich noch ein Wort, aber jetzt bin ich lustig genug, mit zu deinem Verhältnis zu gehen. Ich hätt Appetit auf ein Schinkenbrot. Gehn wir, dann werd ich sehn, was an ihr dran ist.«

Ich bot meine ganze Schnapsberedsamkeit auf, um Schönwitz zu überzeugen, daß wir nicht einfach zu Frau Daniel gehen könnten. Ich erzählte von ihrem Mann.

Schönwitz pfiff durch die Zähne. »Einen Alten hat sie auch. Ich dacht, es wär eine Witwe.«

Ich berichtete Schönwitz, um was für einen Alten es sich bei Frau Daniels Mann handelte. Schönwitz wurde wieder ernst. Ich erzählte die ganze Uhrengeschichte. Wir vergaßen das Trinken, und Schönwitz wurde nüchtern.

»Du schleppst die drei Uhren mit dir? Lautsprechers Normalwecker auch?«

»Die schlepp ich.«

»Zeig sie her!« forderte Schönwitz.

»Verstehst du was von Uhren?« fragte ich. Eine leise Hoffnung, daß Schönwitz vielleicht Lautsprechers Uhr reparieren könnte, glomm in mir auf.

»Ich versteh von Uhren soviel wie eine Kuh vom Rasieren, aber ich will wissen, ob du keine Schnapsgeschichten erzählst.«

Zögernd legte ich die drei Uhren auf den Wirtshaustisch. Schönwitz starrte sie an. »Die Uhren sind da, aber hast du wirklich das Uhrmacherweib im Laden abgeschmatzt?«

»Ich liebe sie. Weshalb soll ich sie nicht lieben, wenn meine Frau und Lautsprecher ...« Ich hielt Schönwitz den Zettel hin. »Ist es Lautsprechers Unterschrift oder nicht?«

Schönwitz stand auf. Er stakte zur Theke, bezahlte, nahm seine Mütze, legte die Hand zum Gruß an das Mützenschild und ging. Er kümmerte sich nicht mehr um mich. Ich saß wie festgeklebt auf meinem Stuhl. Schönwitz hatte mich aufgegeben! Das wollte ein Brigadier und Freund sein? Wenn man in den Nesseln saß, hatte man keine Freunde. Ich trank noch zwei Schnäpse und ging zerstritten mit mir und der Welt nach Hause.

Petra war noch wach und stopfte Strümpfe. Es war Nacht, und sie sah morgenfrisch aus, so gut hatte sie sich zurechtgemacht. Wenn man es richtig nahm, war Petra ein ganz ansehnliches Weib, aber was nutzte mir das? Es nutzte höchstens meinem Feind Lautsprecher etwas.

Petra sah mich aufmerksam an, nicht ganz ohne Mitleid übrigens. »Warst du beim Arzt, Paul? Steht es schlimm mit dir?«

Mir fiel ein, daß Petra so fragen mußte, denn am Morgen war ich angeblich krank zum Arzt gegangen, aber was hatte sich die Frau eines fremden Mannes nach meinem Befinden zu erkundigen? Da konnte mich ja jede Beliebige auf der Straße anhalten und fragen!

Ich kleidete mich aus und schwankte dabei. Petra wollte mir beim Auskleiden behilflich sein. »Ist es wieder dein Magenübel, Paul?« fragte sie anteilnehmend. »Dann solltest du nicht trinken. Es wirkt sich aus wie Gift.«

Ich bekam Mitleid mit mir selber. »Es ist etwas viel Schlimmeres«, sagte ich, »aber rühr du mich nicht an. Der Keim meiner Krankheit bist du. Seelische Aufregungen, hat der Arzt festgestellt. Rühr mich nicht an, ich zieh mir die Hosen allein aus!«

Petra war ratlos. Ich sah, wie sie mit den Tränen kämpfte. Das tat mir gut. Sie konnte ruhig um mich weinen und bereuen, daß sie mich in diesen Zustand gestürzt hatte.

»Unsereiner fliegt umher wie eine matte Schwalbe«, sagte ich. »Die eigene Frau zertrampelt einem das Herz. Soweit sind wir gekommen, und die ganze Nachbarschaft steht auf meiner Seite.«

»Sei ruhig, Paul!« Petra weinte wahrhaftig. »Du brauchst Ruhe. Wir können darüber sprechen, wenn es dir besser geht.« Sie stand vor meinem Bett und zog das Deckbett zurecht. »Schlaf du erst, oder soll ich dir etwas zur Linderung machen?«

Meine Antwort war ein Stöhnen, und ich stöhnte noch einmal, als ich merkte, daß Petra vor meinem Bett stehengeblieben war.

Am Morgen saß Lautsprecher auf dem Rand meines Bettes und schüttelte mich. »Wie lange willst du noch krank feiern, sozusagen liebeskrank?«

Ich war verwirrt und konnte mir nicht zusammenreimen, wie Lautsprecher in unser Schlafzimmer und an mein Bett kam. Dann fiel mir ein, daß er als Petras neuer Mann und Geliebter sozusagen Hausrecht bei uns hatte. Aber das hier ging zu weit! Er hatte am Ende, ermutigt durch meinen Schnapsrausch, die Nacht bei Petra verbracht. Also hatte sich Petra gestern abend nicht umsonst so vorgerichtet! Wut stieg in mir hoch. Was dachte sich Petra, diese Heuchelhexe? Der Mann lag krank im Bett, und im Nebenbett feierte seine immerhin noch angetraute Frau italienische Nächte mit ihrem Liebhaber!

Ich sprang auf. »Ich soll euch wohl zerfetzen, wie? Besudelt die Wohnung, und dort schläft das ahnungslose Kind!« Das stimmte übrigens nicht, denn unsere Paula tappelte schon in der Küche umher.

Lautsprecher drückte mich freundschaftlich in die Kissen zurück. »Schluß jetzt mit dem Zirkus!« sagte er. »Zieh dich an, es wird aufgeräumt!«

»Wer hier aufräumt und wann aufgeräumt wird, das bestimme ich, immer noch ich, du Großflächenlautsprecher! Hier ist nicht die Baustelle, will ich dir sagen, sondern meine Wohnung, und verklagt wirst du wegen Hausfriedensbruch.«

Lautsprecher lachte und schlug sich auf die Schenkel.

»Lachst und brüllst hier, als ob dir die Wohnung schon gehören würde! So einfach ist das nun wieder nicht, mir sozusagen die Frau wie einen Stuhl unter dem Hintern wegzunehmen. Darin bin ich nicht dein Untergebener, das merk dir gut. Du hast es jetzt mit mir privat zu tun, und es wird ein bißchen knallen, das sag ich dir. Denk nicht, daß das ohne Schwierigkeiten hingehen wird.« Ich stieß den lachenden Lautsprecher vom Bettrand und sprang in die Schlafstube. Wenn Petra nicht gekommen wäre, hätte ich mich wohl auf Lautsprecher gestürzt.

»Paul, du verdächtigst uns wohl?« fragte Petra. Die kleine Paula umklammerte Petra und weinte. Sie fürchtete sich wohl vor Lautsprechers Höllengelächter.

»Verdächtigen!« Ich lachte schrill. »Spielt nicht die Harmlosen! Ihr habt mich lange genug hintergangen. Jetzt ist Schluß! Denkt ihr, ich bin ein weicher Käse?« Ich versuchte, mir die Hosen anzuziehen. Vor Aufregung fand ich nicht in das zweite Hosenbein hinein. Ich benutzte den Aufenthalt, um den Zettel, den ich tags zuvor auf dem Küchentisch gefunden hatte, aus der Hosentasche zu ziehen und ihn Lautsprecher unter die Nase zu halten. »Spiel nicht den Unverfrorenen und Sicheren! Das bist du, mein Herr Brigadier. Hast du den Zettel geschrieben oder nicht?«

Lautsprecher wurde ernst. »Den Zettel hab ich geschrieben, was soll's?«

»Wenigstens bist du noch ehrlich genug und gibst zu, daß du ihn geschrieben hast. Alles andere wird sich finden.« Petra umfaßte mich. Jetzt lachte auch sie. Ich mußte plötzlich an Frau Daniel denken. Wie würde sie es aufnehmen, wenn ich mich halb angezogen von der Frau eines anderen umarmen ließ? Ich stieß Petra zurück.

»Den Zettel habe ich in meiner Eigenschaft als Vorsitzender der Kontrollkommission unseres Bezirks geschrieben«, sagte Lautsprecher.

»Vorsitzender der Kontrollkommission! Und da kontrollierst du ab und zu die Beschaffenheit meiner Frau, wie?«

»Nein, aber deine Frau ist in der Kommission, du Schlafmütze«, sagte Lautsprecher so, als ob er mir auf der Baustelle eine Lehre erteilen würde.

Ich schluckte. Hier hatte ich es mit einem Ränkespiel zu tun! Ich nahm mir vor, geschickter zu Werke zu gehen. Ich fand keine Zeit mehr dazu. Petra und Lautsprecher drangen auf mich ein und machten mir klar, daß ich mich geirrt, sehr, sehr geirrt hätte. Es brauchte geraume Zeit, bis ich geneigt war, ihnen zu glauben. Zuletzt klammerte ich mich an Petras Lippenstift.

»Und warum beschmierst du dir die Lippen, kannst du mir das sagen?«

»Weil du gesagt hast, sie seien wie ausgelaugtes Essigfleisch.«

Petra begann zu weinen. Sie tat mir fast leid. Es fehlte gerade, daß ich diese Frau wieder zu lieben begann, obwohl ich meine Verpflichtungen anderswo hatte!

Lautsprecher setzte gewissermaßen einen Punkt hinter meine Gedanken. »Jetzt geht's los. Die Betrügerhöhle wird ausgeräuchert!«

»Welche Betrügerhöhle?« fragte Petra.

»Das erfährst du hinterher«, sagte Lautsprecher. Es stellte sich heraus, daß er alles wußte. Schönwitz war noch am späten Abend, als er mich schweigend verlassen hatte, zu Lautsprecher gegangen und hatte ihn zur Rede gestellt.

Ich war froh, daß Lautsprecher nicht vor Petra von Frau Daniel sprach. Es steckte doch etwas von einem anständigen Manne in Lautsprecher. Trotzdem traute ich ihm in bezug auf Petra noch immer nicht ganz.

Lautsprecher schleppte mich zum Büro der Handwerkskammer, das ich vom Vortage schon kannte. Man wollte uns nicht abfertigen, aber Lautsprecher ließ sich nicht abwimmeln. »Ich schlag dir das Fenster ein, daß dir die Scheibensplitter in den Kaffee hopsen«, sagte er zu dem Angestellten. Er zog einen Ausweis und hielt ihn dem Mann unter die Nase. Der Mann ließ uns vor. Lautsprecher setzte sich ins Büro und traf seine Anordnungen. »Den Fall hat dir der Kumpel gestern schon erklärt, soviel ich weiß.«

Der Angestellte wußte nichts von einem Fall. Lautsprecher wurde energischer. Der Angestellte begann sich dunkel zu erinnern.

»Hatte ich Sie nicht ... ich hatte Ihnen doch gesagt, daß Sie es schriftlich einreichen und am Freitag wiederkommen sollten.« Er sah Lautsprecher an. »Das ist der ordnungsgemäße Dienstweg.«

»Interessiert mich nicht«, sagte Lautsprecher. »Tatsache ist, daß da ein Uhrmacher die Leute betrügt, und wenn es nach euch geht, kann er ordnungsgemäß weiterbetrügen, damit ihr den ausgefahrenen Dienstweg nicht verlassen müßt, wie?«

Der Angestellte wurde nervös. Lautsprecher tat, als wäre

es sein Beruf, betrügerische Uhrmacher zu entlarven. Er tippte den Angestellten an seinen Rockaufschlag, wo ein Abzeichen steckte. »Bist du Genosse oder bist du keiner?« fragte er.

Der Angestellte lief emsig hin und her. Er war plötzlich der Meinung, daß man so einen Fall sofort erledigen müsse. Was ich von Anfang an befürchtet hatte, als Lautsprecher sich in den Fall Daniel einzumischen begann, trat ein: Lautsprecher zerrte die Angelegenheit ins Politische. Er ging los wie ein Rennpferd.

»Nun sitzt du da wie das Kind im Dreck, und das Hemd ist hinten zu lang und vorn zu kurz«, sagte er zu dem Angestellten. Er ordnete an: »Zuerst bestellst du den Obermeister der Uhrmacherinnung. Er soll sofort hierherkommen.«

Der Angestellte grinste, als sei ihm etwas Besseres eingefallen. »Jawohl«, sagte er, »mag der Obermeister die Uhren untersuchen und sein Fachurteil abgeben. Ich bestelle vielleicht sogar beide, den Bezirksobermeister und den Obermeister. Sie sollen sehen, was für Mausdreckmacher sie unter ihren Handwerkern haben.«

»Das machst du«, sagte Lautsprecher, »und für eine halbe Stunde später bestellst du den Uhrmacher. Wie heißt er? Daniel, den Daniel bestellst du. Den Burschen werden wir ins Schwitzen bringen.«

Lautsprecher benahm sich wie ein Feldherr, der seinen Schlachtplan entwirft. »Wir«, so sagte er, »gehen jetzt in die Kneipe gegenüber und stärken uns. Wenn du die Kunden zusammen hast, schickst du deine Sekretärin rüber und läßt uns holen.«

Der Angestellte hatte schon den Telefonhörer ans Ohr gedrückt und telefonierte mit dem Obermeister.

In der Kneipe beim Bier erklärte Lautsprecher mir genau, was jetzt passieren würde. Ich wagte ihn vorsichtig darauf aufmerksam zu machen, daß er den Fall nicht ins Politische ziehen dürfte. Ein unfähiger Uhrmacher habe gepfuscht, das sei die Sache, was hatte die Politik damit zu tun?

Lautsprecher griff nach dem leeren Bierglas und holte aus, als ob er es mir an den Kopf werfen wollte. »So seid ihr. Man schlägt sich für euch 'rum, und ihr seid harmlos wie weiße Kaninchen. Wo kleine Leute geprellt werden, wird's politisch, das merk dir. Hin und her, die Handwerker sollen ihr gutes Auskommen haben, aber Betrüger, die Uhren verpfuschen, so daß alle Pläne durcheinanderkommen, nein!«

Das Mädchen kam und holte uns. Im Vorraum des Büros erwarteten uns zwei Männer, der Obermeister und der Bezirksobermeister. Ich kramte meine Uhren aus der Tasche. Petras Uhr rutschte mir aus der Hand und fiel auf den Tisch.

»Wenn Sie die Uhren natürlich so behandeln ...«, sagte der Obermeister vorwurfsvoll.

»Versuchen Sie nicht, von vornherein Partei zu ergreifen«, wies Lautsprecher ihn zurecht. Untersuchen Sie! Die Uhren machen weder tick noch tack, deshalb haben wir Sie holen lassen.«

»Ich meinte nur ...«, sagte der Obermeister vorsichtig und sah Lautsprecher von der Seite an. Lautsprecher winkte ab. Ich muß sagen, das imponierte mir an ihm. Man konnte nicht vermuten, daß in Lautsprechers abgeschabter Manchesterhose ein so wendiger Kerl saß, ein Kerl, der kein Unrecht zuließ.

Die beiden Uhrmacher zogen Handwerkszeug aus weißen Beutelchen. Sie klemmten sich Lupen in die Augenhöhlen, und ich mußte an Frau Daniel denken. Die Meister begannen vorsichtig in den Uhren zu stochern. Es klopfte. Das konnte nur der herbefohlene Daniel sein. Gleich würde ich ihn in seiner spinnengierigen Schändlichkeit hier stehen sehen. Meinem Wunsch, ihn früher zu sehen, war er nicht nachgekommen, jetzt konnte er sich gern davon überzeugen, daß er sich durch die Mißachtung meines Wunsches das Mißfallen höherer Stellen zugezogen hatte, die ihm energischer Bescheid sagen würden, als ich es getan hätte. Da niemand auf das Klopfen antwortete, wurde die Tür zögernd geöffnet. Meine Spannung verwandelte sich in Schreck. Frau Daniel betrat das Büro. Sie nickte mir freundlich zu, jedermann konnte es sehen! Es schien also alles wieder gut zu sein zwischen uns. Was hatte ich mit meiner Wut gegen ihren Mann jetzt angerichtet! Ich hatte also sie, mit der ich lebte und liebte wie mit niemandem auf der Welt, in diese schäbige Verhandlung mit hineingezogen!

Frau Daniel zog einen Handschuh aus und reichte dem Angestellten der Handwerkskammer ihre feinfingrige Hand. Der Angestellte verneigte sich ein wenig und schielte dabei zu Lautsprecher hinüber. Frau Daniel ging auch zu den beiden Obermeistern und lächelte ihnen lieb zu wie alten Bekannten. Die Obermeister setzten ernste Mienen auf. Sie waren wohl im Dienst oder was. Mir pochte das Herz. Würde Frau Daniel auch mich begrüßen? Tatsächlich, Frau Daniel kam auf mich zu, reichte mir die Fingerspitzen mit besonderer Eleganz und zwitscherte: »Wir sind alte Bekannte, nicht?« Die Begrüßung würzte sie mit einem Blick, der mich in Wallung brachte. So schön hatte ich Frau Daniel noch nie gesehen! Sie trug ein helles Sommerkostüm, und ihr halbes Gesicht mit den aufreizenden Mandelaugen war von einem braunen Schleierchen verdeckt, das von einer Kappe herabfiel, die nicht größer war als der untere Teil einer Schöpfkelle. Ich bestaunte Frau Daniel und begann zu schlucken. Frau Daniel machte auch eine leichte Verbeugung zu Lautsprecher hin, wie feine Leute es tun, wenn ihnen jemand nicht vorgestellt wurde.

Lautsprecher übersah diese höfliche Geste, fuhr sich in seiner grobschlächtigen Art mit dem Handrücken über die Nase und versetzte mir einen Schubs. »Mensch, das ist ja die, und mit der hast du dich eingelassen?« Kein Zweifel, Lautsprecher würde mich in seiner Roheit mit Zimt und Zwiebel blamieren. Ich stellte mir bereits vor, wie ich am nächsten Tage zu Frau Daniel gehen und mich für diesen zufälligen Umgang entschuldigen mußte.

Die Meisterin Daniel sah sich nach einer Sitzgelegenheit

um. Niemand bot ihr einen Stuhl an. Das war mir peinlich. War sie vielleicht eine Verbrecherin, daß man sie so behandelte? Ein Mann trat unbefangen ein, als ob er in ein Bierlokal träte, und erlöste mich aus den Qualen, die mir mein Anstand in diesem Augenblick bereitete. Es war ein Bulle von Kerl, vielleicht ein Fleischer, den man beschuldigt hatte, Hackfleisch mit Salpeter verkauft zu haben, oder ein Rollkutscher, dem man übelgenommen hatte, daß er seine Pferde auf der Straße verpeitschte. Man konnte sich gut vorstellen, daß dieser Kerl drei Biere in der Kneipe bestellte und sie hintereinander austrank. Sein schwarzes Speckhaar hatte er sich zu einer amerikanischen Tolle zurechtbiegen lassen: in der Mitte Dauerlocken und an den Seiten fettglatt. Über seine prallen Backen zogen sich ausrasierte Haarstreifen, sogenannte Koteletten oder Backpfeifenschoner. Ohne jemanden zu begrüßen, schob der Mann Frau Daniel beiseite und trat grinsend an den Tisch zu den Obermeistern. Der Angestellte der Handwerkskammer verwies den Kerl amtlich und schickte ihn zusammen mit Frau Daniel in das Nebenzimmer.

Die Untersuchung der Uhren ergab, daß sie nicht gehen konnten. Die Obermeister prüften die Rechnungen und stellten fest, daß keine der Uhren, wie die Rechnungen besagten, gründlich überholt und gereinigt war. Im Gegenteil: Die Uhren waren unsachgemäß zusammengesetzt worden. Es gab Teilchen, die Spuren von gewaltsamen Verbiegungen aufwiesen. Ich machte höflich darauf aufmerksam, daß ich an gewissen Verbiegungen bei Lautsprechers Uhr selber schuld sei, und erzählte die Geschichte mit der Nähnadel. Lautsprecher knuffte mich, klopfte sich vor die Stirn und schüttelte den Kopf. Der Obermeister versuchte, mich zu trösten. »Die wär auch mit zehn Nähnadeln nicht gegangen«, sagte er.

Wir gingen ins Nebenzimmer, und die Verhandlung begann. Mich beunruhigte, daß Daniel noch immer nicht gekommen war. Das sah ihm ähnlich: Seine ohnehin geplagte

Frau sollte auch diese Sache allein austragen! Ich wurde aufgefordert, den ganzen Hergang der Sache zu erzählen. Ich richtete meinen Vortrag an den Bezirksobermeister und den Angestellten der Handwerkskammer, die nebeneinander saßen. Der dicke Hackfleischverfälscher, oder was immer er sein mochte, hockte in einer Ecke, starrte in einen Taschenspiegel und kämmte seine Affenfettolle. Jedesmal, wenn ich eine Beschuldigung gegen Daniel vorbrachte, grinste er. Diese Frechheit löste meine zuerst stockende Erzählung und brachte mich auf die Letzt in Harnisch. Was ging diesen Rollkutscher meine Uhrengeschichte an, oder sollte er auch ein Opfer der Danielschen Pfuscherei sein und hier als Zeuge gehört werden? Ich erzählte von all meinen Gängen zu Daniels Laden, von meinen vergeblichen Bemühungen, den Meister sprechen zu dürfen. Frau Daniel verfolgte meine Erzählung mit Ungeduld, wie ich sehen konnte. Sie tat mir leid. Abschließend erklärte ich dann auch: »Alles, was ich hier gesagt habe, richtet sich nicht gegen diese ehrenwerte Frau dort ...«

Weiter kam ich nicht mit meiner Schlußerklärung. Lautsprecher versetzte mir einen heftigen Schlag in die Seite und sagte sehr laut: »Das scheint mir nicht hierherzugehören!«

Ich sah zu Frau Daniel hinüber. Sie sollte ruhig wissen, daß zwischen uns beiden alles blieb, wie es war. Ich liebte sie, und am liebsten wäre ich zu ihr gegangen und hätte sie gestreichelt. Frau Daniel erwiderte meinen Blick nicht. Sie sah weg, nein, sie zwinkerte dem ungeschlachten Menschen in der Ecke zu, der jetzt seine Fingernägel reinigte. Das erschien mir rätselhaft. Gleich darauf meldete sie sich zu Wort: »Ich bitte, etwas sagen zu dürfen.«

»Wir wollen lieber erst den Meister Daniel anhören«, sagte Lautsprecher.

»Den gibt es nicht«, sagte Frau Daniel, und ihre Mandelaugen warfen Blitze in die Männerrunde.

Freude durchfuhr mich. Frau Daniel war nicht verheiratet! Nie war ich meinem Ziel, sie zu lieben und zu haben, so nahe wie in diesem Augenblick. Am liebsten hätte ich die Liebe bei der Hand genommen und wäre mit ihr aus diesem lästigen Verhör auf die Straße hinausgegangen, irgendwohin, wo uns keiner kannte, wo wir uns richtig hätten über das Gewesene und über das Kommende aussprechen können. Die Verhandlung gab mir nicht die Zeit dazu. Ich war gefangen. Ich befand mich in den Klauen dieses Politikers Lautsprecher. Es würde Wochen brauchen, um alles mit Frau Daniel wieder in die Reihe zu bringen.

»Ich muß mich berichtigen«, sagte Frau Daniel. »Den Meister Daniel gibt es vielleicht – vielleicht auch ganz sicher nicht mehr.« Sie wurde traurig. »Kurz nach der Ferntrauung raffte mir der Krieg, den dieser wahnsinnige Hitler leider verspielt hat, den Mann weg. – Vermißt, hieß es.«

Es rührte mich, wie Frau Daniel sich ausdrückte. Sie sagte nicht einfach, daß ihr Mann im Kriege vermißt wäre, sondern drückte sich gewählt und vornehm aus, wie man es in den Zeitungen liest: Der Krieg raffte ihr den Mann weg.

Der Obermeister warf Fragen ein, die sich auf die Lage der armen Frau Daniel bezogen. Es stellte sich heraus, daß Frau Daniel im Laden ihres späteren Mannes ab und zu die Kundschaft bedient hatte. Bevor der Uhrmachermeister Daniel zu den Soldaten ging, hatte er sich mit Frau Daniel verlobt, und als er im Feindesland stand, wie Frau Daniel sich auszudrücken verstand, hatten sie sich ferntrauen lassen. Frau Daniels Mann wurde als vermißt gemeldet. Nach dem Kriege führte sie dann das Geschäft ihres Mannes allein weiter.

Frau Daniel begann zu schluchzen: »Jetzt stehe ich allein da und bin Freiwild. Jemand bringt eine Uhr zur Reparatur und denkt, er kann mich gratis dabei haben.«

Die Wut kroch in mir hoch. Wo gab es solche Kerle, die sich an Frau Daniel heranwagten? Sollte Kelle sie wirklich belästigt haben?

»Da ist zum Beispiel dieser Herr dort«, sagte Frau Daniel und wies mit der zierlichen Hand, die so zum Streicheln einlud, auf mich. »Dieser Herr kommt in den Laden und versucht, mit mir anzubändeln. Es gelingt ihm nicht. Er kommt mit einer anderen Uhr wieder, versucht mich zu küssen und wird so dreist, daß ich die Polizei rufen lassen muß. Jetzt aber, wo ihm alles fehlschlug, zerrt er mich zu dieser Verhandlung. Ich denke, meine Herren, die Sache ist durchsichtig.«

Was war in Frau Daniel gefahren? Ich kam nicht mehr zum Nachdenken darüber. Der klotzige Mensch, den ich für ein Opfer und einen Zeugen gehalten hatte, kam aus seiner Ecke und packte mich bei den Rockaufschlägen. »Ich zermalm dir die Knochen, du Hund; meine Braut belästigen, wie?«

Die beiden Obermeister sprangen auf, aber Lautsprecher hatte den Kerl schon gepackt und fuhr mit ihm auf seinen Platz zurück. »Dich krieg ich schon«, zischte mir der Kerl mit der amerikanischen Tolle über Lautsprechers Schulter zu.

Lautsprecher drehte sich um und griff wieder in die Verhandlung ein. »Meine Herren, wollen wir uns hier über gewisse Intimitäten dieser Leute oder über nicht gehende Uhren unterhalten?«

Die beiden Obermeister nickten beifällig.

»Er hat sie belästigt. Wart, du Hund!« knurrte der Kerl und spuckte sich in die rechte Hand, die die Größe eines Kanupaddels hatte.

Der Bezirksobermeister sagte: »Frau Daniel, wir wissen, daß Sie eine Lebensexistenz brauchen. Die Innung sieht vor, daß Kriegerwitwen das Geschäft ihres verstorbenen Mannes weiterführen dürfen.«

»Auch Frauen, die nichts vom Fach verstehen?« fragte Lautsprecher scharf.

Der Bezirksobermeister wurde ein wenig verwirrt. »Das freilich nicht«, sagte er.

Lautsprecher nahm die Verhandlung jetzt ganz und gar

in die Hand. Er stellte Fragen, die mir unsinnig erschienen. Oder war es vielleicht nicht unsinnig, wenn seine Nachforschungen ergaben, daß Frau Daniel nichts von Uhrenreparaturen verstand und nur Theater gespielt haben sollte, wenn sie sich die Lupe aufsetzte und in die Uhren hineinschaute? Ich versuchte, Frau Daniel zu verteidigen, weil mir nicht in den Kopf wollte, daß sie eine solche Person sein sollte. Lautsprecher zischte mir Worte zu, die nicht gerade freundlich waren.

Lautsprecher befragte aber auch diesen wüsten Kerl, der vorgab, die Ehre von Frau Daniel verteidigen zu müssen, was er eigentlich bei dieser Verhandlung zu tun habe. Es wurde offenbar, daß es sich bei diesem Kerl um einen Heimarbeiter handelte, den Frau Daniel beschäftigte. Ich war froh, das zu hören. Es war also nicht ein Verlobter von Frau Daniel, sondern ein ganz gewöhnlicher Arbeiter, der aus Anhänglichkeit – das war für mich zu verstehen – seine schöne Chefin verteidigte. Allerdings, und das fiel mir sofort ein, hatte der Kerl mit seinem Pfusch die gute Frau Daniel in diese Lage gebracht. Da saß also der Stümper, den ich solange gesucht hatte!

Der Obermeister blätterte in einem Buch. Es war das Reparaturenbuch der Firma Daniel. Er stellte fest, daß weder Lautsprechers noch Petras Uhr im Reparaturenbuch eingetragen waren. »Wie erklären Sie sich das, Frau Daniel?« fragte der Obermeister sanft.

Ich konnte sehen, daß auch ihn das Wesen von Frau Daniel angerührt hatte. Ich muß gestehen, daß ich sie hätte abdrücken können. Ihre traurige Miene machte ihr Gesicht besonders liebreizend.

»Es ist vielleicht vergessen worden«, sagte Frau Daniel leise. »Dieser Mensch« – sie zeigte auf mich – »setzte mich jedesmal in Aufregung, wenn er in meinem Laden stand. Kann ich für meine Natur?«

Den Obermeistern schien das einzuleuchten, auch der Angestellte nickte leise. Der von Frau Daniel als Heimarbeiter bezeichnete Mensch hatte sich auf den Heizungskörper gelümmelt und schien nachzudenken. Mein Herz begann wieder vor Freude zu hüpfen. Ich hatte also doch in ihrem Laden einen gewaltigen Eindruck auf Frau Daniel gemacht.

»Fangen Sie nicht wieder mit Ihren Privatgeschichten an«, sagte Lautsprecher barsch. »Erklären Sie lieber, weshalb Sie an meiner Uhr selber herumgeknispelt haben.«

»Nein«, sagte Frau Daniel und warf den Kopf trotzig wie ein kleines Mädchen in den Nacken.

»Dann sind Sie also der Pfuscher«, wandte sich Lautsprecher an den grobschlächtigen Kerl. »Wie heißt er überhaupt?« fragte er den Sekretär der Handwerkskammer.

»Er heißt Kümmel und wird bei uns als Heimarbeiter der Frau Daniel geführt, wie ich eben aus der Kartei ersehe.«

»Sie, Kümmel, dann sind Sie die Plunderseele, und man sollte Ihnen die verpfuschten Uhren um die Ohren schlagen. Haben Sie überhaupt einen Meister- oder Gesellenbrief?«

Kümmel ging auf Lautsprechers letzte Frage nicht ein. Er war blaß geworden und wandte sich an Frau Daniel: »Du kannst ruhig zugeben, daß du manche Uhren selber repariert hast, schließlich hast du stets Wert darauf gelegt, eine Meistersfrau zu sein, die etwas vom Fach versteht.«

Frau Daniel gab es nicht zu. Sie wandte sich erklärend an den Bezirksobermeister und sagte: »Das denkt Herr Kümmel nur, und wir stritten uns oft darum. Er glaubte, er verdiene nicht genug bei mir.«

Kümmel hieb mit der Faust gegen den Heizkörper und verdrehte die Augen. Der Nutzeffekt dieser Kraftaufwendung war nicht groß. Wieder begann Lautsprecher zu verhandeln und zu forschen. Er hatte es besonders auf die arme Frau Daniel abgesehen, denn bei all seinen Fragen kamen peinliche, Frau Daniel abträgliche Tatsachen zutage. Sie hatte dreizehn Mark und fünfzig für die normale Reparatur und Reinigung einer Uhr genommen, ihrem sogenannten

Heimarbeiter aber gab sie nur sechs Mark dafür. Das konnte ja leicht so aussehen, als ob dieser unsympathische Mensch diese vornehme Dame ernährte, und dieser Mensch hatte nicht einmal einen Gesellenbrief, wie sich herausstellte! Oh, wie hatte er die gute Frau Daniel hintergangen!

»Ich seh schon, meine Herren, daß ich ein Opfer geworden bin«, sagte Frau Daniel hastig. »Dieser Mensch hat mich ruiniert. Er hat mir die Kunden aus dem Laden getrieben mit seiner schlechten Arbeit.« Sie begann zu weinen. »Ich bin eine ehrliche Frau. Ich ... wovon sollte ich leben, als mein Mann nicht zurückkam?«

Die Obermeister nickten.

»Sie hätten arbeiten können«, sagte Lautsprecher ungerührt.

»Ich habe gearbeitet, immer gearbeitet. Was wollen Sie überhaupt, mein Herr? Ich habe ehrlich im Laden gestanden. Denken Sie nicht, daß das leicht ist. Die Kunden sind schwierig, man hat Ärger, man muß rechnen.«

»Sie haben unehrlich im Laden gestanden und falsch gerechnet. Was haben Sie gelernt?« fragte Lautsprecher.

Jetzt hatte Frau Daniel wieder Katzengefunkel in den Augen. »Ich war verheiratet«, sagte sie empört.

»Sie haben also nichts gelernt.« Lautsprecher sah Frau Daniel abschätzend an. »Sie sind bestenfalls Aushilfsverkäuferin.«

»Sollte ich unser Geschäft verlassen und scheuern gehen.«

»Ja«, sagte Lautsprecher.

»Und wo sollten die Leute mit ihren Uhren hin?« fragte Frau Daniel spitz.

»Zum Uhrmacher«, sagte Lautsprecher kühl.

Frau Daniel begann wieder zu schluchzen. »Wenn mein Mann noch lebte, würde ihn der Schlag treffen! Er hielt etwas auf sein reelles Geschäft. Seine Witwe natürlich ist Freiwild. Ich habe keinen Schutz.« Sie drohte zu Kümmel hinüber. »Ich mußte mich diesem Lotterer in die Klauen geben, um mein Geschäft nicht zu verlieren – meines Mannes Geschäft.«

Kümmel sprang auf. Seine Stirnadern waren geschwollen. Er hieb mit der Faust auf den Tisch. »Jetzt rede ich.« Er schäumte. »Habe ich dir je gesagt, daß ich ein gelernter Uhrmacher bin?« schrie er Frau Daniel an.

Für einen Augenblick erwachte die alte Eifersucht in mir. Wie konnte er als kleiner Heimarbeiter die schöne Frau Daniel anschreien, als wäre er ihr Mann, ihr Prinzipal und alles miteinander? Kümmel ließ mir keine Zeit, noch eifersüchtiger zu werden. Es wurde eine peinliche Geschichte für uns alle.

Kümmel hatte früher eine Weile als Hilfsarbeiter in einer Uhrenfabrik gearbeitet. Er war Umsiedler, gab vor, seine Papiere verloren zu haben, und machte in Berlin einen Uhrmacherladen auf. Der Laden wurde geschlossen, als Beschwerden über Kümmels Arbeit einliefen. Später lernte Kümmel Frau Daniel in einem Bierlokal kennen, Kümmel machte Frau Daniel den Hof. Frau Daniel entließ den alten Gesellen, der schon bei ihrem Mann gearbeitet hatte, und liebte sich Kümmel an, dem sie von der Arbeit, die die Kundschaft in ihren Laden brachte, nach Gutdünken zuteilte. Es ist mir unmöglich zu erzählen, was Kümmel von seinen Liebesbeziehungen zu Frau Daniel zu berichten wußte. Er begeiferte Frau Daniel wie eine raufende Fleischerdogge.

Sie rief dazwischen: »Glauben Sie ihm nicht, meine Herren, er ist ein verkommener Mensch. Natürlich kann eine Frau nicht immer allein leben, ohne Sehnsucht mein' ich, ohne Sehnsucht, einmal die Männlichkeit zu fühlen, aber es ist erlogen, wenn er hier erzählt, ich hätte mich öfter vor ihm ausgezogen, wenn ich die Uhren zum Reparieren brachte. Ich habe mich leider ein- bis zweimal von ihm mißbrauchen lassen. Schließlich bin ich als alleinstehende Frau kein Stein, meine Herren, das werden Sie begreifen, aber jeder Mensch, der mich kennt, kann bezeugen, daß ich es nur um mein Geschäft tat. Meine Wohnung, die Wohnung, in der ich mit meinem Mann zusammenlebte, habe ich stets rein gehalten. Das ist die Wahrheit, meine Herren.«

»Und der forsche Zigarrenhändler von der Ecke?« schrie Kümmel. »Er kam wohl zu dir in die Bibelstunden?«

»Beleidige hier nicht einen ehrenwerten Mann«, schrie Frau Daniel gequält. »Es ist nur dein Schmutz im Gehirn, der sich so was ausdenkt, bitte!«

Der Obermeister verfolgte den Krach mit Genuß. Seine Blicke wanderten abschätzend zu Frau Daniel. Der Bezirksobermeister sah, obwohl er angestrengt zuhörte, zum Fenster hinaus. Der Angestellte der Handwerkskammer ging nervös im Zimmer auf und ab. Ich wußte nicht, wo ich meine Augen lassen sollte. Es fiel mir schwer, in dieser zeternden Frau die sanfte Dame Daniel aus dem Uhrmacherladen wiederzuerkennen. Sollte sie wirklich so eine verkommene Person sein? Ich neigte dazu, Kümmel für einen Grobsack und Aufschneider zu halten. Natürlich mußte Frau Daniel irgend etwas mit Kümmel gehabt haben. Sie hatte es ja selbst ein wenig zugegeben, aber mußten es gleich Orgien gewesen sein? Sicher hatte dieser Fleischerhund ihre Notlage ausgenutzt und die zarte Taube dann und wann verführt.

Lautsprecher saß da und schien wenig beeindruckt zu sein. »Wissen Sie, dieser Bettquatsch interessiert uns überhaupt nicht«, sagte er. »Wir wollten wissen, weshalb unsere Uhren nicht gehen und nicht, wieviel Mal diese Dame« – Lautsprecher schürzte die Lippen – »mit diesem Herrn dort geschlafen hat.«

Jetzt ging Frau Daniel, sich an die Meister wendend, auf Lautsprecher los. »Beleidigen Sie mich nicht, Mann! Sehen Sie, meine Herren Obermeister, so ist das fort und fort. Kann ich dafür, daß ich ein Männermagnet bin? Alle Männer wollen etwas von mir. Und jetzt muß ich mich dafür durch den Dreck ziehen lassen. Sie, deren Amt es ist, mich und meinen Betrieb von der Innung aus zu schützen, hören sich stumm an, wie man mich durch die Gosse schleift. Aber ich sage Ihnen: Es gibt keine Kavaliere mehr. Sie sind im Krieg ausgestorben. Die Besten sind gefallen.« Frau Daniel begann wieder zu schluchzen. »Das Recht wird auf den Kopf gestellt, eine arme Witwe wird gepeinigt, man macht's ihr unmöglich, rechtschaffen vom hinterlassenen Geschäft ihres Mannes zu leben.«

Der Obermeister sprang auf und schrie: »Sparen Sie sich Ihre unqualifizierten« – bei diesem Wort schaute er den Sekretär der Handwerkskammer an – »Ihre unqualifizierten Vorwürfe.«

Lautsprecher lachte, daß die Fensterscheiben zitterten. Frau Daniel bezog das Lachen auf sich. »Sie frecher Kerl lachen, weil Sie glauben, Herr Kümmel wäre schlecht von mir entlohnt worden, aber dieser Mensch hat genug von mir gezogen, und wie benimmt er sich zum Dank dafür? Er war heruntergekommen. Ich habe ihn eingekleidet. Er trägt die Anzüge meines Mannes. Fast immer habe ich die Zeche bezahlt, wenn wir ausgingen. Jeden Nachmittag, den Gott werden ließ, holte ich ihm etwas vom Konditor. Er lebte wie ein Fürst.«

»Nur die Schlagsahne hast immer du gefressen«, grunzte Kümmel.

Lautsprecher winkte ab: »Genug. Endlich zur Sache! Ich brauche eine richtig gehende Uhr. Ich bitte die Herren Obermeister, meine und die Uhren meines Kollegen auf Kosten von Frau Daniel zu reparieren, und zwar so schnell wie möglich.«

Die Obermeister nickten zustimmend. Frau Daniel warf mir einen herzzerbohrenden Blick zu.

»Für mich ist die Sache soweit erledigt. Es sei denn, ich muß in den nächsten Tagen feststellen, daß der Laden dieser Frau geöffnet bleibt«, sagte Lautsprecher und erhob sich. Seine Knochen knackten. Er war es nicht gewohnt, um diese Tageszeit herumzuhocken.

Frau Daniel hatte sich zu mir gedrängt. Sie ergriff meine

Hand, und noch während Lautsprecher seine Schlußsätze sprach, brachte sie ihren heißen roten Mund dicht an mein Ohr. Ich sage nicht zuviel, wenn ich behaupte, daß ihre seidigen Lippen meine Ohrmuschel berührten und mir Schauer des Entzückens den Rücken herabrieseln ließen. »Besuchen Sie mich heut abend. Wir müssen alles klären. Vor diesen Grobsäcken kann man nicht sprechen.« Sie sah mich an. Ihre Blicke waren so, daß man erwarten konnte, die Tränen an den Wimpern müßten zischend zu Wasserdampf werden. Sie flehte und drückte meine Hand mit einer Zärtlichkeit, wie ich sie auf der Welt noch nicht erlebt hatte.

Lautsprecher packte mich bei der Schulter und schob mich vorwärts. »Der halbe Arbeitstag ist vertan«, sagte er draußen und sah zum Himmel. Regenwolken krochen hinter den Hausdächern hervor. Mir war, als müßte mich der Wecker gleich von einem schlimmen Traum befreien. Was hatte eigentlich Lautsprecher mit meiner Liebe zu Frau Daniel zu tun? Es war doch eine zarte, heimliche Liebe. Wie war sie unter die Menschen gekommen?

Lautsprecher führte mich in die Kneipe, in der wir vor der Verhandlung gesessen hatten, und bestellte Bier.

»Das war ein Sieg!« krächzte er.

Du lieber Himmel, ein Sieg? Nein, ich wußte in diesem Augenblick noch nicht, was die intimen Geschichten mit und um Frau Daniel mit einem Sieg zu tun haben sollten. Allerdings hatte ich mich im Laufe des Vormittags daran gewöhnt, Lautsprechers Behauptungen leichter Glauben zu schenken.

Lautsprecher packte mich beim Arm: »Du mußt doch zugeben, daß wir sie ernährten, ohne daß sie uns eine entsprechende Gegenleistung auf den Tisch legte.«

»Mit unseren drei Uhren haben wir sie nicht ernährt«, wagte ich einzuwenden.

»Wenn ich sage, ›wir‹, dann meine ich die Arbeiter und alles, was drum- und dranhängt, versteh mich. Sie hat mehr

Kunden geprellt als uns, werd ich dir sagen. Kann sie nicht arbeiten?«

Lautsprecher besaß sogar die Dreistigkeit, mir zu erklären, was für eine wundervolle Frau ich daheim hätte. Er wußte an Petra so viele Vorzüge zu nennen, daß ich ihm wieder mißtraute. Er hatte sich Petra während meiner Lieb- und Leidenszeit zu Frau Daniel anscheinend gründlich angeschaut. »Du mußt doch zugeben, daß sie ein ganz anderes Weibsbild ist als diese Uhrenhure«, sagte er.

Ich schwieg.

»Läßt Petra sich vielleicht von dir ernähren?«

Ich sagte nicht ja, ich sagte nicht nein und spielte mit meinem Bierdeckel.

»Das mußt du begreifen«, sagte Lautsprecher ernst, »sonst ist es nicht dein letzter Reinfall gewesen.«

Wir kamen erst nach der Mittagspause zur Arbeitsstelle. Meine Kumpel wunderten sich, als sie mich mit dem Brigadier im friedlichen Gespräch kommen sahen. Lautsprecher blieb in meiner Nähe. Seine Anwesenheit störte mich an diesem Tage nicht. Seine Gegenwart schützte mich vor Nachfragen. Immerhin war es aufgefallen, daß ich anderthalb Arbeitstage versäumt hatte. Nur Kelle, der ahnen mochte, daß Frau Daniel mit meiner Abwesenheit in Zusammenhang stand, kroch schippend in meine Nähe. Es war deutlich zu erkennen, daß er mich ärgern, mich zum Reden bringen wollte, als er zu einem Kumpel sagte: »Du hast die Schwarze auch lange nicht gesehen, die hier immer vorbeikam, wie?«

Der Kollege schüttelte den Kopf. Kelle reizte mich weiter: »Es war eine schöne Abwechslung. Ich hab sie ein paarmal nach Feierabend gehabt, aber dann blieb sie aus. Wie vom Winde gefressen.«

Ich sagte nichts dazu, aber ich schlug mein Schaufelblatt so hartnäckig an einen Stein, daß das Klirrgeräusch die beiden hinderte, sich weiter über eine gewisse Dame Daniel zu unterhalten.

Der Tag verging. Ich war aufgewühlt wie in meinem ganzen Leben nicht. Am Feierabend zog ich mich langsam um und war der letzte, der die Umkleidebude verließ.

Draußen wartete Lautsprecher auf mich. »Tu mir den Gefallen und bring das mit deiner Frau in Ordnung«, mahnte er und schlug mich auf die Schulter, daß mir die Zigarette aus dem Mund fiel.

Als ich endlich allein war, seufzte ich auf. Das war ein Tag! Im Friedrichshain mußte ich mich eine Weile auf eine Bank setzen, um das Vorgefallene zu überdenken. Es wollte mir scheinen, als hätte ich eben einen Kinosaal verlassen. Alles schien sich vorn auf einer Leinwand abgespielt zu haben, bis auf eine Stelle. Diese Stelle überdachte ich mehrmals. Sie werden unschwer erraten, daß es sich um den Augenblick handelte, da Frau Daniel mit ihren Lippen meine Ohrmuschel berührte und mich lockend einlud. Gesetzt den Fall, ich hätte alles vergessen können, was ich über Frau Daniel gehört hatte – und dazu ist man als Verliebter nur allzu geneigt –, so hätten die großen Tage neu beginnen können. Es ließ sich alles gut in die Reihe bringen. Mit Petra hatte ich mich noch nicht versöhnt.

Benommen stolperte ich einem Blumenladen auf der Leninallee zu und kaufte einen Strauß zarter Edelwicken. Ich ließ ihn gut verpacken und schlenderte auf Umwegen immer näher an Daniels Laden heran. Als ich das Schaufenster aus der Ferne sah, meldeten sich Bedenken. War ich wirklich verrückt geworden? Hatte ich nicht genug über Frau Daniel erfahren? Konnte es nicht eine List von ihr sein, mich einzuladen? Konnte sie mich nicht beschwatzen wollen, meine Anzeige bei der Handwerkskammer zurückzuziehen? Konnte ich das, ohne mich selbst zu beschuldigen, die Uhren allesamt entzweigemacht zu haben? Selbst wenn ich das tun wollte: Es würde mir nicht gelingen, weil Lautsprecher inzwischen so etwas wie mein Vormund geworden war. War Frau Daniel wert, daß ich mich selbst für sie bezichtigte? Hatte sie mich nicht eigentlich die ganze Zeit betrogen? Hatte sie mir nicht verführerische Augen gemacht, während sie diesen grobschlächtigen Geliebten aushielt und ausnutzte? Eine Weile wußte ich nicht, ob ich mir mit diesem scharfen Urteil über Frau Daniel nicht schon Lautsprechers Ansichten zu eigen gemacht hatte. Ich mußte an Schönwitz denken, meinen alten Brigadier und Kumpel, dessen Ansichten über Frau Daniel sich mit denen von Lautsprecher zu decken schienen. Der Schlechteste war Schönwitz freilich nicht, das hätte ich niemals behaupten können, wiewohl er zum Beispiel über Frauen anders dachte als ich. Vernünftiger, würden andere, in Liebesdingen abgestumpfte Menschen sagen. Aber war Vernunft nicht wirklich manchmal angebracht? Vernunft, ja, dieses Wörtchen Vernunft gewann für mich in jener Stunde Bedeutung. Ich konnte hören, wie ich mir selber zusprach: »Vernunft jetzt, einmal in deinem Leben Vernunft. Beiß die Zähne aufeinander, beiß, Paule. So schlecht ist deine Petra nun auch vielleicht nicht und ... muß es denn gerade Frau Daniel sein, wenn's Petra wirklich nicht mehr sein kann, he, Paule, was? Vernunft, Paule!«

Bei diesem Selbstgespräch hatte in mich beträchtlich von Daniels Laden entfernt. Ich entdeckte den eingewickelten Blumenstrauß in meiner Hand. Er brachte mir das Unvernünftige, das ich fast wieder begangen hätte, zum Bewußtsein. Ein kleines Mädchen hüpfte vorüber. Ich rief es heran und legte ihm den Strauß in den Arm. Die Kleine schaute mich fragend an. »Schenk das deiner Mutter zum Geburtstag!«

»Meine Mutter hat nicht Geburtstag, Onkel.«

»Dann schenk ihr den Strauß zum Hochzeitstag, aber sei still jetzt!«

Das Mädchen wurde mit dem Geschenk nicht fertig. Ich aber betrat im gleichen Augenblick den Blumenladen in der Nähe unserer Baustelle. Es war mir eingefallen, daß ich Lautsprechers Strauß für die krankgelogene Petra damals unterschlagen hatte. Weshalb sollte ich das nicht gutmachen?

Ich weiß heute nicht mehr, weshalb ich in diesem Laden wieder einen Strauß Wicken kaufte. Vielleicht hatte ich bereits den ersten nach Petras Geschmack ausgesucht, weil ich Frau Daniels Wünsche in bezug auf Blumen nicht ausgekundschaftet hatte. Eine sehr freundliche, fast hübsch zu nennende Blumenfrau bediente mich. »Wünschen der Herr was? Wünschen der Herr das? Wünschen der Herr vielleicht nicht doch?«

Es war eine Marmelade aus Freundlichkeit und Zuvorkommenheit, die mir da serviert wurde. Für einen Augenblick schien mir, als ob ich Eindruck auf diese Blumenfrau machte. Der Augenblick war kurz. Ich wurde nachdenklich, als ich den Preis des Wickensträußes erfuhr. »Eine Mark und siebzig Pfennige.« Der Preis kam mir hoch vor, denn vor einer Weile hatte ich für einen Strauß in gleicher Güte und Größe, der allerdings für eine gewisse Frau Daniel bestimmt gewesen war, nur eine Mark und zwanzig Pfennige bezahlt. Es widerstrebte mir, um Blumen, die ich vielleicht aus Liebe zu verschenken gedachte, zu feilschen. Draußen jedoch erwog ich, ob die Freundlichkeit jener Blumenfrau und der hohe Preis, den sie mir abforderte, nicht etwa im Zusammenhang gestanden haben mochten. Die Sache schien mir untersuchenswert. Weiß der Teufel, woher mir der Mut kam, aber ich ging in den Blumenladen an der Leninallee zurück und fragte den Händler: »Was hatte ich vorhin für diesen Strauß bei Ihnen bezahlt?«

Die Antwort kam zögernd. Der Mann prüfte mein Aussehen genau. »Eine Mark und zwanzig haben Sie, glaub ich, gezahlt.«

Ich nickte.

»Schien Ihnen der Preis zu hoch?« erkundigte sich der Ladeninhaber vorsichtig. »Es handelt sich um ganz frische, um taufrische Ware, mein Herr.«

Ich wußte genug. Als ich weiterging, war ich fast stolz auf meine Entdeckung und stellte mir vor, was für ein Gesicht Lautsprecher am nächsten Tage machen würde, wenn ich ihm melden konnte, daß ich wieder eine Stelle entdeckt hatte, wo Arbeiter übervorteilt wurden.

Petra erwartete mich. Unsere Wohnküche erschien mir feierlich. Auf dem Tisch stand ein Strauß Edelwicken. Ich blieb, ohne meine Blumen auszupacken, vor dem Strauß stehen. »Was kosten diese Wicken?« fragte ich aufgeregt.

Petra war die Nachfrage unangenehm. Sie hatte den Strauß gewissermaßen zu einer neuen Verlobung mit mir gekauft.

»Eins siebzig oder eins zwanzig?« Ich ließ nicht locker und benahm mich wie ein Preisprüfer.

»Es sollte eine Freude für dich sein«, sagte Petra.

»Eins siebzig oder eins zwanzig?« fragte ich heftiger.

»Hast du getrunken, Paul?«

»Was nun, eins zwanzig oder ...«

»Wenn du es durchaus wissen willst: eins vierzig«, sagte Petra beleidigt. »Ich versteh dich nicht.«

»Eins vierzig«, sagte ich. »Das ist gut, eins vierzig also.« Ich wickelte meinen Strauß aus. »Eins siebzig der, er ist übrigens für dich.« Ich gab Petra den Strauß und sah mir den auf dem Küchentisch an. »Siehst du hier einen Unterschied?« forschte ich.

»Der deine ist schöner«, sagte Petra höflich.

»Sei nicht albern, Petra! Kannst du mit gutem Gewissen behaupten, daß an diesem Strauß auf dem Tisch etwas anders ist als an dem dort?«

»Ich verstehe und versteh nicht ...«

»Du verstehst nicht? Ich habe den Strauß in der Nähe der Baustelle gekauft. Sie lassen sich von uns ernähren, allesamt. Konjunkturtreiber sind sie. Du bist zum Beispiel eine Frau, die sich nicht ernähren läßt, aber die Frau, die mir den Blumenstrauß verkaufte, läßt sich von Arbeitern ernähren, wärmen und Gott weiß was alles.« Ich versuchte, Petra klarzumachen, was ich am Morgen von Lautsprecher gelernt hatte. »Es ist eine politische Sache. Eh du das nicht begriffen hast, wird es nicht dein letzter Reinfall gewesen sein.«

»Ich?« sagte Petra. »Ich bin nicht reingefallen. Du hast eins siebzig für diesen Strauß bezahlt.«

»Ganz gleich, aber du mußt erkennen, wie hochpolitisch die Sache ist. Morgen werde ich auf die Handwerkskammer gehen und diese Bande entlarven.«

Petra drückte mich auf einen Küchenstuhl, legte mir ihren Arm um den Nacken und sagte wie zu einem unartigen Kinde: »Du bist ein Eiferer, ein unverbesserlicher Eiferer.«

Petras Berührung war mir nicht unangenehm. Trotzdem sagte ich: »Du redest mit mir wie mit einem dummen Kind.«

Petra gab mir einen Kuß, einen großen Kuß, muß ich sagen, und der saß wie ein Siegel.

Sie wissen, daß die Unruhe in einem Menschen nicht durch einen Kuß gebändigt werden kann. Die Zeit ging hin. Frau Daniels Laden blieb geschlossen. Ich stellte es fest, als ich eine Woche nach der Verhandlung ganz unabsichtlich, das muß ich hier betonen, an Daniels Haus vorüberkam. Natürlich hätte ich auch einen anderen Weg nehmen können, aber sollte ich vielleicht Umwege machen, um einer gewissen Frau Daniel, die ich einmal in einem wilden Liebestaumel geküßt hatte, nicht zu begegnen? Das konnte niemand von mir verlangen. Ich gestehe auch gern, daß das Vorübergehen an Daniels Laden nicht ganz ohne Zittern in mir abging. Es war ein sanftes Zittern wie in einer unbenutzten Mandoline, wenn ein bestimmter Laut sie trifft und sie an ihre Lieder erinnert.

Im ausgeräumten Schaufenster von Daniels Laden hing ein weißes Pappschild. Der Text war mit der Hand geschrieben. Ich verbot mir, hinzusehen, und doch weiß ich noch heute, was auf dem Schild stand. Ich nahm den Text gewissermaßen schielend mit dem linken Auge auf: »Meine werte Kundschaft wird gebeten, noch vorliegende Reparaturen, die wegen Materialmangel nicht mehr ausgeführt werden können, im Hof rechts abzuholen.«

Das war zwar geschwindelt, aber die Unterschrift von Frau Daniel war unleserlich und ein bißchen verwischt. Mir schien, es waren Tränen daraufgetropft, und diese mutmaßlichen Tränen beunruhigten mich zwei Tage und länger. Diese Frau Daniel schien jedenfalls mehr an ihrem Geschäft zu hängen als an ihrem toten Mann. –

Mit Lautsprecher kam ich seit jener Zeit gut aus. Ich fühlte, daß er mich unausgesetzt beobachtete, obwohl er es geschickter anstellte als früher. Er half mir zum Beispiel in der Geschichte mit den verschiedenen Blumenpreisen und schaffte auch da mit ein paar Griffen Ordnung. Er beriet aber auch zuweilen unsere neuen Arbeitsvorhaben nach Feierabend mit mir, und es schien ihm sehr auf meinen Rat anzukommen. Kelle nannte mich, so daß ich es hören mußte, einen Spucklecker. Eines Tages behauptete er sogar, ich hätte eine ehrbare Uhrmacherin um ihre Existenz gebracht. Mein Mund zog sich vor Bitternis zusammen, und mein Herz bebte, als ich das vernahm, aber da war auch schon Lautsprecher zur Stelle und erklärte allen, die es hören wollten, weshalb Daniels Uhrenladen geschlossen werden mußte. Es war schon so: Lautsprecher entwickelte sich immer mehr zu einem guten Kumpel für mich, oder entwickelte ich mich zu einem guten Kumpel für ihn?

Ein Vierteljahr war seit jenen aufregenden Tagen vergangen. Unsere Uhren waren längst aus der Reparatur der Obermeister gekommen. Über meine Uhr hatte ich nicht mehr zu klagen und Lautsprecher wohl auch über seine nicht. Anders war es mit Petras Uhr. Sie schien einen ständigen Fehler davongetragen zu haben. Ich sah jedenfalls, daß Petra ihren Arm zuweilen schlenkerte, um die kleine Uhr zu beschleunigterem Gang zu veranlassen. Jedesmal, wenn ich's sah, stiegen bestimmte Erinnerungen in mir auf. Das wurde mir langsam unerträglich.

Als ich im Frühherbst eines Abends nach Hause kam, fand ich eine mürrische Petra vor. Sie war am Morgen zu spät zur Arbeit gekommen, und das genügte, um die pflichtbewußte Petra für zwei und mehr Tage zu verstimmen. Sie war jedoch taktvoll genug, nicht zu erwähnen, daß ihre Uhr an diesem Mißgeschick schuld war. An jenem Wochenende erhielt ich auf der Baustelle eine Prämie, übrigens die erste seit meiner Bekanntschaft mit Frau Daniel. Ich ging mit Petra zu einem Uhrengeschäft der Staatlichen Handelsorganisation in der Stalinallee. Es war meine Absicht, Petra mit einer neuen Armbanduhr zu überraschen. Ich strahlte in Vorfreude, zumal Petra nicht genau wußte, was ich vorhatte. So betraten wir den Laden. Sauberkeit und blitzende Dinge umfingen uns. Ich kann nicht verhehlen, das Getick und Getack der Uhren machte einen unruhigen Menschen aus mir, aber was konnte mir passieren: Ich hatte Petra bei mir.

»Armbanduhren für Damen?« fragte in eine Verkäuferin, die vorüberhuschte.

Das Mädchen verwies uns in eine Ecke des Ladens. Ich schickte mich an, mit Petra, die sich vor Freude an meinen Arm hängte, in die Abteilung für Damenarmbanduhren zu schlendern. Auf dem Wege dorthin drohte jedoch mein Herzschlag auszusetzen: Niemand anders als Frau Daniel stand dort und führte einem Manne in meinem Alter verschiedene Uhren vor. Schön und strahlend, wie ich sie von früher her kannte, bediente sie diesen Mann. Ich mußte meine Kraft zusammennehmen, um meine Überraschung, meine – ach, wer weiß, was alles! – nicht zu verraten. Nein, Frau Daniel hatte den Gebrauch ihrer Mandelaugen nicht verlernt, das konnte ich sehen. Der Mann, den sie vor sich hatte, sah weniger auf die vor ihm liegenden Uhren als Frau Daniel ins Gesicht. Sie können mir glauben: Es fiel mir nicht leicht, das wie ein Unbeteiligter zu beobachten. »Die Dame ist gerade besetzt«, sagte ich zu Petra und zog sie an den Stand, in dem man Wecker in allen Ausführungen haben konnte.

»Sie wünschen?« fragte die Verkäuferin dort.

Konnte ich diese freundliche Aufforderung, etwas zu wünschen, in den Wind schlagen? »Zeigen Sie uns einen anständigen Wecker. Womöglich einen mit Gongschlag, nicht so ein schrill weckendes Maschinchen. Alle Wecker sollten überhaupt zweimal wecken. Erst einmal und nach einer Viertelstunde wieder für den Fall, daß man noch einmal einschläft. Noch besser wäre es allerdings, wenn es lautlose Wecker gäbe, das können Sie mir glauben, Fräulein ... meine Dame. Die schönste Art, meine Dame, ist natürlich, mit einem Kuß geweckt zu werden, meine Dame, will ich Ihnen sagen. Auf dem Lande lernte ich einen Mann kennen, der band sich abends den Strick seiner Ziege ums Bein. Er ließ die Ziege hungrig, und sie weckte ihn am Morgen zeitig, finden Sie das nicht lustig, meine Dame?«

Petra klopfte mir beruhigend den Rücken. Merkte sie, wie es um mich stand? Die Verkäuferin hatte einen Wecker aufgezogen, der nun sein schrilles Gelärm von sich gab. Es ließ mich zusammenfahren. Was für einen Unsinn hatte ich geredet? Sollte das wieder beginnen? Es war doch geradezu verhext mit mir und Frau Daniel!

»Such dir einen aus«, sagte ich zu Petra und warf einen Zwanzigmarkschein auf den Ladentisch. »Ich glaube, mir ist nicht gut. Ich muß, wie man so sagt, an die Luft.« Ich machte eine Verbeugung zur Verkäuferin: »Entschuldigen Sie, meine Dame!« Ich sagte es absichtlich laut, um Frau Daniel auf meine Stimme aufmerksam zu machen. Es war umsonst. Frau Daniel hatte mit ihrem Kunden zu tun.

Draußen stellte ich mich vor das Schaufenster und atmete tief. Im Hintergrunde des Ladens sah ich die mandeläugige Frau Daniel, gleichsam umrahmt von Schmuck und glänzenden Dingen, hantieren. Sie packte dem Kunden etwas ein und würzte diese Handlung ab und zu mit einem ihrer Blicke, die auch mir einmal etwas bedeutet hatten. Draußen in der herben Luft kroch meine Seele mühsam auf ein Podest. Ich fand Trost bei dem Gedanken, daß Frau Daniel nun keinen Kunden mehr betrügen konnte. Sie hatte reelle Ware in der Hand, und sie hatte keine Möglichkeit, Preise willkürlich festzusetzen.

Petra kam aus dem Laden. »Ist dir besser, Paul?« fragte sie anteilnehmend.

»Es wird vielleicht vorübergehen, ganz sicher wird es vorübergehen. Seit der Uhrengeschichte ist in einem Uhrenladen nichts mehr mit mir anzufangen, wie du gesehen hast.«

»Ich sah es, Paul«, sagte Petra leise und drückte meine Hand. »Übrigens habe ich den Wecker nicht gekauft. Was soll uns ein Wecker?«

»Eben«, sagte ich.

Und von diesem Tage an erregte mich die Erinnerung an Frau Daniel weniger und weniger. Es war wohl nur das Mitleid, diese mindere Art der Liebe, das mich an jenem Vorherbstabend, als ich das Pappschild an Frau Daniels Laden sah, noch einmal durcheinandergebracht hatte. Ich wurde jedenfalls von Tag zu Tag ruhiger und gewann meine alte Heiterkeit wieder.